冒险最大的乐趣就在于无法预料

4 布莱顿
少年冒险团

再见了，冒险海

The *Sea* of Adventure

［英］伊妮德·布莱顿 著

金　婧　　　译

浙江文艺出版社

图书在版编目(CIP)数据

布莱顿少年冒险团4，再见了，冒险海 /（英）伊妮德·布莱顿著；金婧译. —杭州：浙江文艺出版社，2020.3（2020.5重印）

ISBN 978-7-5339-5949-4

Ⅰ.①布… Ⅱ.①伊… ②金… Ⅲ.①儿童小说—长篇小说—英国—现代 Ⅳ.①I561.84

中国版本图书馆CIP数据核字（2019）第294158号

责任编辑　童潇骁
装帧设计　吕翡翠
责任印制　吴春娟
插　　画　呼呼CASSIE

布莱顿少年冒险团4：再见了，冒险海
[英] 伊妮德·布莱顿 著　金　婧 译

出版　浙江文艺出版社
地址　杭州市体育场路347号
邮编　310006
网址　www.zjwycbs.cn
经销　浙江省新华书店集团有限公司
制版　杭州天一图文制作有限公司
印刷　浙江新华数码印务有限公司
开本　880毫米×1230毫米　1/32
字数　166千字
印张　8
插页　2
版次　2020年3月第1版
印次　2020年5月第3次印刷
书号　ISBN 978-7-5339-5949-4
定价　32.00元

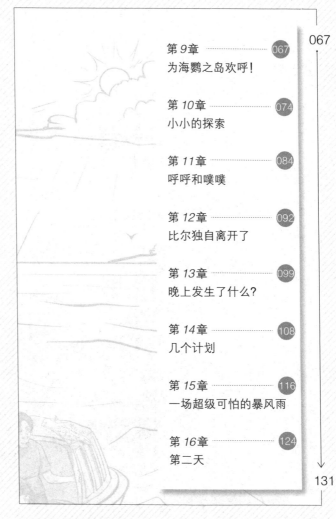

再
见
了
，
冒
险
海

第1章
才不要女家庭教师，谢谢！

"你们知道吗？已经五月五号了！"杰克用闷闷不乐的语调说道，"今天所有的人都会回学校。"

"真可惜！真可惜！"鹦鹉琪琪用跟杰克一样闷闷不乐的语调叫道。

"这讨厌的麻疹！"露西安说道，"先是菲利普，他从学校放假回家就感染上了，接着是黛娜，她又传染给了我，之后你也得了！"

"唉，现在我们全被隔离了。"在房间角落的黛娜说道，"这实在是太蠢了，医生居然建议我们回学校之前应该去别的地方换换环境。难道回学校不就是换个环境吗？我真的也很喜欢夏季学期呀。"

"是啊——我打赌我本可以上十一年级的。"菲利普边说边把自己额前的一缕头发拨到了后面，"天哪，要是能再去剪个头发就好了！感觉好痒，它长得太长了！"

四个孩子在假期里都患了麻疹。尤其是杰克，度过了特别难熬的一段时间。黛娜的眼睛给她带来了不少麻烦。不过这多

少也怪她自己，因为她被医生禁止阅读，却没有乖乖听话。现在她的眼睛总是泪汪汪的，一遇强光就眨个不停。

"黛娜当然还不能做学校作业，"医生曾严厉地说，"年轻的女士，我猜你违背我的医嘱时肯定觉得自己比我懂得多。如果之后不用戴眼镜的话你再庆幸吧！"

"我希望妈妈别把我们送到哪个可怕的海边民宿去，"黛娜说道，"因为这个夏天已经接下了一些重要的工作，所以她自己不能陪我们去。我希望她别找个女家庭教师什么的带我们去。"

"一个女家庭教师！"菲利普嗤笑道，"那我绝对不会去的。不过至少她现在不在这——我在训练小老鼠呢。"

他的妹妹黛娜用嫌恶的眼神看着他。因为太喜欢动物了，所以菲利普身边总是会有某些小动物。他可以让这些小动物做任何他想让它们做的事，露西安曾偷偷想过如果哪天菲利普在丛林中碰到一只咆哮的老虎，他只需要简单地伸出手去，那只老虎就会像一只小狗那样舔他，然后像一只猫咪那样开心地咕噜咕噜叫。

"我可告诉你，菲利普，如果你胆敢让我看见一只你的小老鼠，我就会尖叫的！"黛娜说。

"好吧，那就尖叫吧！"菲利普亲切地说道，"嘿，吱吱，你在哪儿呢？"

吱吱出现在了菲利普的毛线衫领口处，果真像它的名字那样吱吱地尖声叫了起来。黛娜也尖叫起来。

"你这坏蛋，菲利普！你在领子底下还藏了多少这样的玩意儿？如果我们有只猫的话，我一定会让它把它们都吃掉！"

"噢，可我们没有猫呀。"菲利普说着，把吱吱的脑袋又戳回了自己的领子下面。

"三只瞎老鼠。"鹦鹉琪琪一边叫道，一边饶有兴趣地朝一侧探出自己的脑袋，盯着吱吱又一次冒出头来。

"错啦，琪琪，你这精明鬼，"杰克边说边懒洋洋地伸出一只手去揪他的鹦鹉尾巴上的羽毛，"远远不够三只呢，只是一只非常机警的老鼠而已。我说琪琪，为什么你没有被我们传染上麻疹呢？"

琪琪早就准备好跟杰克来一场谈话了。她大声嘎嘎叫了下，然后低下头来等着被挠脑袋。"我告诉过你多少次了要关门？"她叫起来，"我告诉过你多少次了要擦脚？擦门，关脚，擦……"

"嘿，你糊涂了吧！"杰克说道，其他人大笑起来。琪琪把她喜欢说的话弄混的时候总是特别滑稽。这只鹦鹉喜欢逗人们发笑。她扬起头，挺起胸膛，然后发出了像外面花园里的除草机一样的噪声。

"够啦，"杰克说，敲了敲她的鸟嘴，"快闭嘴，琪琪！"

但是琪琪很满意自己制造出来的噪声，她飞到了窗帘顶上，继续装作一台除草机，还是一台需要上油的除草机。

曼纳林夫人把头探进门里："孩子们！别让琪琪发出那种噪声！我正在面试人呢，这声音太烦人了。"

"谁来面试？"菲利普马上问道，"妈妈！你不会找了个女家

003

庭教师或者什么别的讨厌的人，好带我们去换个环境吧？她现在在这儿吗？"

"是的，她在这儿。"曼纳林夫人说。所有的孩子一起抱怨起来。"好吧，亲爱的孩子们，你们知道我没法抽空自己带你们去，"她继续说道，"我已经接下了这份新工作，不过当然了，如果我早知道你们会得麻疹这么长时间，之后又这么病恹恹的话……"

"我们才没病恹恹的呢！"菲利普恼怒地说，"多讨厌的一个词儿！"

"病恹恹叫吱吱！"琪琪马上叫道，还嘎嘎大笑起来，她喜欢把听起来差不多的词儿放在一起，"病恹恹叫吱吱！"

"闭嘴吧，琪琪！"杰克叫道，把一个靠垫朝她扔过去，"艾丽阿姨——我们其实可以自己去的。我们已经长大了，完全可以照顾自己。"

"杰克，假期的时候，你们只要一离开我的视线，就会一头扎进最让人毛骨悚然的冒险里，"曼纳林夫人说，"我可还没忘记上次暑假发生了什么事呢——搭错了飞机，被丢在一个陌生的山谷中那么长时间。"

"啊，那可是一次不可思议的冒险！"菲利普喊道，"我真希望能再来一次。这么长时间的麻疹真让我受够了。拜托，拜托让我们自己去吧，妈妈，你最好了！"

"不行，"他的妈妈说，"你们要跟一个绝对安全的女家庭教师去一个绝对安全的海边景点过一个绝对安全的假期。"

"安全，安全，安全！"琪琪尖叫起来，"无事平安，无事平安！"

"说倒啦，琪琪。"杰克说道。曼纳林夫人用手堵住了自己的耳朵。

"那只鸟啊！我觉得照顾你们已经让我筋疲力尽了，但现在琪琪真快把我烦死了。还好她会跟你们一起去。"

"我打赌没有女家庭教师会喜欢琪琪的，"杰克说，"艾丽阿姨，你告诉她关于琪琪的事了吗？"

"还没有，"曼纳林夫人承认，"不过我想我最好带她过来，把她介绍给你们还有琪琪。"

说完她就出去了。孩子们垂头丧气地看着彼此。"我就知道会这样的，我们得跟一个让我们无法忍受的人一起无聊度日，而不是在学校里玩耍。"黛娜闷闷不乐地说，"菲——等那老师进来时，你不能用你那些可怕的老鼠做点儿什么吗？如果她知道你是那种喜欢让大老鼠、小老鼠还有什么甲虫啊刺猬啊窝在你脖子下面和口袋里的男孩儿，她很可能就逃之夭夭了。"

"这主意妙极了，黛娜！"大家异口同声道。菲利普也冲她笑起来，"你难得机灵一回啊，"他说道，"不过这个主意不错。嘿，吱吱，出来吧！华夫饼，你在哪儿？大鼻头，从我口袋里出来吧！"

黛娜退到了房间最远处的角落里，心惊胆战地看着那些小白老鼠。菲利普到底弄了多少这些玩意儿？她决定只要有可能就不靠近他。

"我想琪琪也可以表演一下，"杰克咧嘴笑道，"琪琪——呜—呜—呜！"

这个信号是让这只鹦鹉来表演她的拿手好戏——模仿火车头在隧道中开过时的尖啸声。她张开嘴，兴高采烈地扯起喉咙。她可不是常常会被请求发出这种可怕的噪声的。露西安用手捂住了耳朵。

门开了，曼纳林夫人跟一个表情严肃的高个女人走了进来。显而易见，无论是冒险还是其他不同寻常的事情，都绝不会被允许在这位劳森小姐眼皮底下发生。她全身上下都写着"绝对安全"。

"孩子们，这是劳森小姐。"曼纳林夫人刚开口，接着她的声音就被淹没在琪琪发出的火车头尖啸声中了。这次模仿甚至比往常还要好，持续的时间还要长。琪琪真的是放飞自我了。

劳森小姐倒抽了一口气，往后退了一步。一开始她没看见琪琪，而是看着孩子们，以为肯定是他们中的哪一个发出了这种可怕的噪声。

"琪！琪！"曼纳林夫人怒吼道，她真的生气了，"孩子们，你们怎么能让她这么做？我真为你们感到丢脸！"

琪琪停了下来。她把头歪到一边，嬉皮笑脸地看着劳森小姐。"擦干净你的脚！"她命令道，"把门关上！你的手帕呢？我告诉过你多少次了……"

"带琪琪出去，杰克，"曼纳林夫人说，气恼地涨红了脸，"真是太抱歉了，劳森小姐。琪琪是杰克的宠物，她平时举止不是这么粗鲁的。"

"我明白了，"劳森小姐说，看起来将信将疑的，"我不是很习惯鹦鹉，曼纳林夫人。我猜想，这只鸟应该不会跟我们一起去吧？我不负责照看那种宠物——而且我觉得民宿也不会……"

"噢，我们可以稍后再讨论这事儿，"曼纳林夫人赶紧说道，"杰克，你听到我说的话了吗？带琪琪出去。"

"波莉，把水壶放上来。"琪琪对劳森小姐说道，完全没有注意到发生了什么。琪琪又像恶犬一样地狂吠起来，劳森小姐看起来被吓得不轻。杰克抓住了这鹦鹉，朝其余几人眨了一下眼，带着琪琪出去了。

"真可惜！真可惜！"门在他们身后关上时，琪琪哀叫道。曼纳林夫人松了一口气。

"杰克……特伦特和露西安·特伦特不是我自己的孩子，"她对劳森小姐说，"露西安，来跟劳森小姐握握手。露西安和她哥哥是我孩子的好朋友，他们也跟我们住在一起。四个孩子还一起去寄宿学校。"她解释道。

劳森小姐看着这个绿眼睛红头发的小姑娘，马上就喜欢上了她。她长得很像她哥哥。接着她又看着菲利普和黛娜，两人都是深色的眼睛和深色的头发，额头前还翘着一簇奇特的鬈发。劳森小姐想自己会让他们把那头发梳得妥妥帖帖的。

黛娜礼貌地走上前来握了手。她觉得劳森小姐一定十分得体，十分严格，而且十分无聊——但是，噢，十分安全！

然后，菲利普走了过来，但是在握手之前，他猛地抓了一

下自己的脖子，又猛地在短裤的一条裤腿上挠了一下，之后又用一只手啪地拍了一下自己的腹部。劳森小姐惊愕地盯着他。

"请见谅——只是我的小老鼠们。"菲利普解释道，于是劳森小姐在极度的惊恐之中看见吱吱在他的衣领上东蹿西跑，大鼻头这里一下那里一下地在他的肚子上隆起小包，华夫饼从袖口处探出头来。天啊，这可怕的男孩究竟还有多少这玩意儿！

"我很抱歉，"劳森小姐虚弱地说道，"我非常抱歉——但是我不能接下这份工作，曼纳林夫人。我真的不能。"

第2章
一个绝妙的主意

在劳森小姐匆匆忙忙跟曼纳林夫人道过别后，曼纳林夫人关上了前门，怒气冲冲地回到了孩子们的游戏房。

"你们太过分了，真的！我非常失望和生气。你怎么能让琪琪做出那样的事情，杰克！——还有菲利普，你根本就不需要让那些老鼠全部同时出现。"

"但是，妈妈，"菲利普争辩道，"我不可能不带我的小老鼠们去啊，所以为了公平起见，得让劳森小姐知道她在做什么——我的意思是，我只是想诚实……"

"你是想搅黄这一切吧，"曼纳林夫人气冲冲地说，"你心里有数。我认为你们全都一无是处。你们清楚自己还不能回学校——你们看起来都又瘦弱又苍白，还必须先赶上学习进度——我在尽自己所能让你们在某个可靠的人的照看下度过一个愉快的假期。"

"对不起，艾丽阿姨，"杰克说，意识到曼纳林夫人是真的生气了，"你瞧——这正是我们所讨厌的那种假期。我们已经大了，用不着劳森小姐唠唠叨叨地管着了。现在——如果是老比

再见了，冒险海

尔的话……"

老比尔！一想到老比尔……斯莫格斯，每个人的眼睛都亮了起来。他的真正名字是坎宁安，但是就像在他们的第一次冒险时他自我介绍说自己是比尔……斯莫格斯那样，他就继续是比尔……斯莫格斯了。他们曾跟他一起经历了怎样的冒险呵！

"天啊，没错！——如果我们能跟比尔一起去。"菲利普说道，充满深情地摩挲着吱吱的鼻子。

"是啊——然后一头扎进另一场可怕的冒险里，"曼纳林夫人说，"我可知道比尔！"

"噢，不，艾丽阿姨——是我们这些孩子拖着老比尔卷入那些冒险的，"杰克说，"真的是这样。不过我们好久好久没有听到比尔的消息了。"

这倒是真的。比尔似乎从地球上消失了一样。他没有给孩子们回信。曼纳林夫人也没有听说过只言片语。他也不在自己家里——事实上已经好几个星期都不在了。

不过倒是没人太过担心——比尔总是在执行各种危险的秘密任务，每次一消失就是好几个星期。话又说回来，这一次他倒是真的好长时间没有音信了。不要紧——他总会突然出现，并做好度假的准备，那张愉快的红润面庞也会堆满笑容。

要是他此时此刻，就在这个下午会出现该有多好！那可就太棒了。如果他们能跟比尔一起去度假，没人会介意错过美好的夏季学期一两个星期的。

但是比尔并没有来——而他们必须为这个假期要做些什么

010

做出个决定。曼纳林夫人绝望地看着这些桀骜不驯的孩子。

"我在想，"她忽然开口说道，"我在想你们想不想去海边的某个地方研究野生海鸟还有它们的筑巢习性？我知道杰克一直想去——但放在以前这是不可能的，因为一年之中这个最合适的时节你们全都在学校……而且——"

"艾丽阿姨！"杰克叫起来，简直欣喜若狂，"这是你这辈子出过的最绝妙的主意！噢，我是说……"

"没错，妈妈——太妙了！"菲利普也赞同道，还敲着桌子强调着自己的兴奋。琪琪立刻也用她的鸟嘴敲起来。

"进来。"她严肃地命令道，但是没有任何人留意她。这个新主意实在太令人激动了。

露西安一直喜欢待在她哥哥杰克的身边，所以她也绽开了笑容，心里清楚杰克身处他所热爱的鸟儿之中会有多么开心。菲利普也是一样，这个鸟兽爱好者，简直不敢相信他的妈妈居然能提出一个这么棒的建议。

只有黛娜看上去脸色发青。她并不喜欢野生动物，尽管现在情况比之前有所改善，实际上她还是相当害怕它们中的大多数。她喜欢鸟儿，不过并没有男孩们那么有兴趣和热爱。然而——只有他们自己在海边某个荒凉之地——穿着旧衣服——做自己喜欢的事，每天都野餐——多么开心呀！所以黛娜也露出了微笑，加入了这欢快的喧嚣之中。

"我们真的可以去吗？就我们自己？"

"什么时候？快说是什么时候！"

"明天！我们不能明天就去吗？天啊，哪怕只是想一想我都觉得好多了！"

"妈妈！是什么让你想到了这主意？说实话吧，这简直是魔法！"

琪琪坐在杰克的肩上，听着这七嘴八舌的声音。藏在菲利普衣服里的小老鼠被这突如其来的动静给吓着了，为了安全起见把自己埋得更深了。

"让我解释一下，"曼纳林夫人说，"有个探险队两天之内会起程赶往北部海岸还有一些孤岛去。就几个自然科学家，还有一个男孩，他是鸟类学家琼斯博士的儿子。"

孩子们都知道什么是鸟类学家——热爱并研究鸟类以及它们生活习性的人。菲利普的爸爸曾经是个鸟类爱好者。他已经去世了，菲利普常常希望自己能够认识他，因为他和自己一样热爱所有的野生生物。

"琼斯博士！"菲利普说道，"哎——那是爸爸最好的朋友之一。"

"是的，"他的妈妈说，"我上个星期见到了他，他告诉了我这个探险队的事。他的儿子会去，所以他想知道你和黛娜是不是也可以去，菲利普。你们那个时候身体还不太好，所以我马上回绝了。不过现在……"

"不过现在我们可以去了！"菲利普叫道，给了他妈妈一个突如其来的拥抱，"真奇怪，既然你知道这事儿，居然还会想到像劳森小姐那样的人！你怎么可以这样呢？"

"好吧——看来你们有很长一段路要走了，"曼纳林夫人说，"其实这完全不是我为你们设想的那种假期。不过，如果你们想去的话，我会打电话给琼斯博士，问问他能不能再安排四个人进他的鸟类探险队。"

"他当然能了！"露西安喊道，"我们还可以给他的儿子做伴，艾丽阿姨。我说——在这个灿烂的初夏去北边那么远的地方，难道不是棒极了吗？"

整个下午茶时间，孩子们都在兴高采烈地谈论着这次远征探险。在北方群岛之间探索——而且有些岛上只有鸟类栖息！游泳，航行，散步，观察成百，不，是上千只野生鸟类的生活！……

"那里会有海鹦的，"杰克开心地说，"上千只。它们会在筑巢时间去那边。我一直想研究它们来着，它们是看起来那么滑稽的鸟儿。"

"呜——呜——呜①。"琪琪马上接口道，以为这是个让她发出火车头尖啸声的邀请。但是杰克坚决地制止了她。

"不，琪琪。不可以再那样了。等我们到那儿以后，随你喜欢用那可怕的尖啸声去吓唬那些海鸥和鸬鹚，还有海雀和海鹦——但是你不能在这儿发出那种声音。它会让艾丽阿姨心烦意乱的。"

"真可惜，真可惜！"琪琪沮丧地说，"呜—呜，恰—

---

① 海鹦的英文 puffin 与火车汽笛声 puff 很相似。

恰—恰！"

"傻瓜。"杰克边说边拨弄着鹦鹉的羽毛。她侧着身子朝向他，悄悄贴近茶几，在他的肩上擦了擦鸟嘴。接着她从果酱罐头里啄了一大颗草莓。

"噢，杰克！"曼纳林夫人开始念叨起来，"你知道我不喜欢琪琪在用餐时间上桌——说真的，这都是她第三次从果酱罐头里自己拿草莓吃了。"

"放回去，琪琪。"杰克马上命令道。但是这也没法让曼纳林夫人高兴起来。说实在的，她想等到这四个孩子和这只鹦鹉都安安全全地去度假的时候，家里会多么多么和谐宁静啊。

孩子们一整晚都在开心地谈论即将到来的假期。第二天杰克和菲利普翻出他们的望远镜，把它们擦得干干净净。杰克还找到了他的相机，那可确实是个很好的相机呢。

"我应该拍几张独一无二的海鹦照片，"他告诉露西安，"我希望我们到的时候它们刚好在筑巢，露西安，不过我想我们要找鸟蛋的话可能还太早了点儿。"

"它们是在树上筑巢吗？"露西安问道，"你能再拍几张它们鸟巢的照片吗，就是有海鹦坐在里面的那种？"

杰克微笑起来。"海鹦不在树上筑巢，"他解释道，"它们在地下洞穴里筑巢。"

"哎呀！"露西安说，"就像兔子！"

"嗯，它们有时甚至会占用兔子的洞穴筑巢，"杰克说，"看着海鹦急急忙忙钻进地下巢穴一定会很有趣。我打赌它们会跟其他动物一样温驯，因为有些鸟岛从未有人知晓和涉足过——所以那些鸟儿根本不知道要在有人来的时候飞走。"

"那么，你很容易就能让海鹦当宠物，"露西安说，"我打赌菲利普就会这么做。我打赌他只要吹声口哨，所有的海鹦就会呼呼噗噗跑到他身边来。"

所有的人都被露西安滑稽的表达方式逗笑了。"呼呼噗噗，"琪琪说，挠了挠她的脑袋，"呼呼噗噗，可怜的小猪猪。"

"她这是在说什么哪？"杰克说，"琪琪，你真的经常胡说八道啊。"

"可怜的小猪猪，"琪琪严肃地说，"呼呼噗噗，呼呼噗……"

菲利普放声大笑起来："我知道了！她是想起了大灰狼和三只小猪的故事——你们难道不记得那只大灰狼是怎么呼呼噗噗吹倒小猪的房子的？噢，琪琪——你真是个天才！"

"她会让那些海鹦好奇的，"黛娜说，"对吧，琪琪？它们会好奇是什么样的怪家伙来看它们了。嘿——是电话机响了吗？"

"是的，"杰克激动地说，"艾丽阿姨已经打过电话给琼斯博士了——告诉他我们会加入探险队——但是他出去了，所以她请他到家后回电话过来。我打赌这就是他来的电话。"

孩子们一窝蜂地冲到门厅，电话机就放在那里。曼纳林夫人已经在那儿了。孩子们挤在她身边，急切地想知道一切。

"你好！"曼纳林夫人说，"是琼斯博士吗？——噢，是琼斯太太呀。是的，我是曼纳林夫人。什么？噢……这实在太遗憾

了。对你们来说多可怕啊！噢，我衷心希望不会太严重。是的，是的。当然，我完全理解。他不得不把整件事情都推迟——估计得到明年了。嗯，我真的希望你们很快会得到好消息。你一定记得通知我们，好吗？再见。"

她挂上听筒，一脸严肃地转向孩子们："我很抱歉，孩子们——但是琼斯博士今天早上出了车祸——他现在还在医院里，所以，整个探险只能取消了。"

取消！最终还是没有鸟岛——没有在北方的茫茫海边无忧无虑的美好时光！多么令人失望啊！

第3章
神神秘秘

　　每个人都很不开心。当然，他们也为琼斯太太还有她的丈夫感到难过——除了知道他们是曼纳林夫人很久以前的老朋友，但实际上根本不认识他们，所以孩子们更多地为自己感到难过和失望。

　　"我们已经讨论了那么多——还做了那么多计划——准备好了一切东西，"菲利普抱怨道，难过地看着挂在一旁的放在棕色皮套里的望远镜，"现在妈妈会再去找来一个劳森小姐。"

　　"不，我不会，"曼纳林夫人说，"我打算放弃我的新工作，自己带你们去度假。看着你们这么失望，我可受不了。可怜的小家伙们。"

　　"不，亲爱的艾丽阿姨，你不应该这么做！"露西安说着，扑进曼纳林夫人怀里，"我们不会让你这么做的。噢，天哪——我们还能做些什么呢？"

　　没人知道。这突如其来的失望仿佛让每个人都失去了进行下一步计划的能力。观鸟假期或者无所事事，观鸟假期或者无所事事——孩子们的脑袋里都是这个念头。他们在难过中浑浑

噩噩地度过了这天剩下的时间，还把彼此都弄得烦躁不安。菲利普和黛娜之间爆发了一场突如其来的争吵，他们大声叫喊着扭打成一团，这两人可至少有一年的时间没闹得这么凶了。

露西安开始哭起来。杰克生气地喊道："不要再打黛娜了，菲利普。你会弄伤她的！"

但是黛娜以牙还牙地反击了回去，她一巴掌响亮地抽在菲利普的脸上。菲利普恼怒地抓住她的手，于是她又踢了他。他绊了她一下，她倒在地板上，跟她哥哥滚来滚去打成一团。露西安避开他们，依旧哭个不停。琪琪飞到了电灯上，嘎嘎地大声叫起来。她还以为菲利普和黛娜在闹着玩呢。

如此之大的吵闹声弄得没人听到电话机又响了起来。曼纳林夫人皱着眉头听着游戏房传来的叫喊声和撞击声，去接了电话。然后她忽然出现在了游戏房门口，满面笑容。

看到黛娜和菲利普正在地上打架时她又变了脸："黛娜！菲利普！马上给我起来！你们应该为自己感到羞愧，都这么大的人了，居然还像这样吵架。我现在一点儿都不想告诉你们是谁来电话了。"

菲利普坐了起来，揉着自己火辣辣的脸颊。黛娜扭动身子蹿到一边，抱着胳膊。露西安擦干了自己的眼泪，而杰克怒气冲冲地看着地上的两人。

"真是一帮坏脾气的孩子！"曼纳林夫人说。接着她想起来他们都刚得过严重的麻疹，经历了如此的失望，没准这让他们今天觉得沮丧又暴躁。

"听着，"她说，温和了些，"猜猜是谁来的电话？"

"琼斯太太，说琼斯博士没事了。"露西安满怀希望地猜测。

曼纳林夫人摇了摇头："不——是老比尔。"

"比尔！万岁！所以他终于又出现了，"杰克叫道，"他要来看我们吗？"

"唔——他神神秘秘的，"曼纳林夫人说，"不愿意说他是谁——只是说他也许今晚会突然来访，很晚的时候——如果没有其他人在这儿的话。我当然知道那就是比尔。我可是在任何地方都能辨认出他的声音的。"

争吵和坏脾气立刻就被忘在了一边。再见到比尔的念头就像一剂补药。"你有没有告诉他我们因为得麻疹所以都在家？"菲利普问道，"他知道他也会见到我们吗？"

"没有——我没来得及告诉他任何事，"曼纳林夫人说，"我跟你们说，他特别神秘——讲电话的时间几乎连半分钟都不到。不管怎么说，他今晚应该会来。我奇怪为什么如果有其他人在的话他就不想来了。"

"因为他不想让别人知道他在哪儿，我猜想，"菲利普说，"他一定又是在执行一个秘密任务。妈妈，我们想熬夜等着见他，行吗？"

"如果他不晚于九点半来的话。"曼纳林夫人说。

她走出了房间。四个孩子看着彼此。"好伙计，老比尔，"菲利普说，"我们好久没见过他了。但愿他九点半之前能来。"

"嗯，我绝对不会在他来之前去睡觉的，"杰克说，"真奇怪

他为什么要这么神秘。"

孩子们一整晚都在期待着见到比尔，因此当没有车开过来，也没有人走到前门的时候，他们简直失望透顶了。九点半到了，比尔还是没有来。

"恐怕你们得去睡觉了，"曼纳林夫人说，"我很抱歉——不过你们看上去真的都又疲倦又苍白。这可怕的麻疹！我真的非常遗憾那个探险取消了——它本可以让你们一切都好起来的。"

孩子们嘟嘟囔囔地抱怨着去睡觉了。女孩们的卧室在后面，而男孩们的在前面。杰克打开了窗户望着外面。这是个漆黑的夜晚。没有汽车的声音，也没有任何脚步声。

"我要留神听着比尔有没有来，"他告诉菲利普，"我要坐在窗户这儿直到他过来。你去睡觉吧。如果我听到他来了就叫醒你。"

"我们轮流来吧，"菲利普说着，爬上了床，"你先盯一个小时，然后叫醒我，我再接着等。"

在后面的卧室里，女孩们已经在床上了。露西安很希望能见到比尔。她非常爱他——他是那么可靠、强壮，又睿智。露西安没有爸爸也没有妈妈，她常常希望比尔就是她的爸爸。艾丽阿姨是个亲切的妈妈，她很高兴能和菲利普还有黛娜分享她的母爱。她没法分享他们的父爱，因为他们的父亲已经去世了。

"但愿我能保持清醒，好听到比尔来。"她想。但是很快她就睡熟了，黛娜也一样。时钟敲响了十点半的钟声，又敲了十一下。

杰克叫醒了菲利普。"还没有人来，"他说，"该你守着了，'草丛头'。他居然这么晚还没来，真奇怪，对吧？"

菲利普坐到窗户边，打了个哈欠。他留神听着但是并没听到任何声音。接着他突然看见了一束亮光，那是他的妈妈在楼下拉开了窗帘，光线流泻进了花园里。

菲利普当然知道那是什么光——但他突然僵住了，因为光线映照到了躲在前门树丛里的某个很暗的东西。那个东西迅速移动回到了阴影里，可是菲利普已经猜到那是什么了。

"我看到了一个人的脸！有人正躲在门前的树丛里。为什么？不可能是比尔。他会直接进来的。那么一定是某个等着伏击他的人。天啊！"

他溜到床边叫醒了杰克，悄声地把自己的发现告诉了他。杰克马上起床来到窗边。但是他什么也没看到。因为曼纳林夫人又拉上了窗帘，没有光线照射出去。花园笼罩在一片黑暗之中。

"我们必须赶紧做些什么，"杰克说，"如果比尔来了，而那个人等的就是他，那他会被打昏的。我们有没有办法警告比尔？很显然，他知道会有危险，否则他打电话时不会那么神秘——还坚持说如果有其他人在的话他就不会来了。我希望艾丽阿姨已经准备睡觉了。现在几点了？我知道时钟刚刚敲了十一下。"

这时传来了有人咔嗒关上灯的动静，还有一扇门被关上了。"是妈妈，"菲利普说，"她不准备再继续等了。她正准备上床睡觉。很好！现在整座房子都一片黑暗了，那个家伙说不定会离开。"

"我们得看着他是不是真的离开了，"杰克说，"你觉得比尔现在会来吗，菲利普？——已经很晚了。"

"如果他说他会来，他就一定会来，"菲利普说，"嘘——妈妈来了。"

两个男孩一跃跳到床上，装作已经睡着了。曼纳林夫人打开了灯，看见他们两个都似乎睡得很沉了，于是赶紧又关上了灯。她同样去了女孩们的房间查看了一番，接着就回到了自己的卧室。

菲利普很快又坐回了窗边，全神贯注地留意着躲在下面树丛里的那个人的动静。他觉得自己听到了一声模糊不清的咳嗽。

"他还在那儿，"他跟杰克说，"他一定是得到了比尔今晚会来这里的风声。"

"或者更有可能的是，他知道比尔是我们的好朋友，他所属的，不管哪个帮派吧，每晚都派一个人守在那树丛里，"杰克说，"他预料比尔迟早都会露面。比尔一定有很多仇人。他一直都在追捕恶棍和罪犯。"

"听着，"菲利普说，"我打算从后门偷偷溜出去，穿过隔壁花园的树篱，从他们家的后门出去，这样那个躲起来的家伙就没法听到我的声音了。然后我会到前面去等着老比尔并且警告他。他应该会沿着马路走到这边来，因为他总是从那个方向过来的。"

"好主意！"杰克说，"我也去。"

"不行。我们之中必须有一个人留在这儿看着那个人，"菲利普说，"我们得知道他是不是还在那儿。我去吧。你留在窗户旁边。如果我看到比尔出现，我会警告他让他回去的。"

"好吧。"杰克答应了，心里仍暗暗希望是由自己来执行这个从后花园偷偷溜出去见比尔的充满刺激的任务。"代我们向他问好——告诉他如果可以的话给我们打电话，我们可以在某个安全的地方跟他见面。"

菲利普悄悄溜出了房间。他妈妈的房间里还亮着灯，所以他小心翼翼地下了楼，提心吊胆，生怕惊动了她。如果她知道了那个躲着的家伙，一定会吓坏的。

他悄悄打开了后门，溜出去后又轻轻地把门关上，溜进黑漆漆的花园里。他没拿手电筒，因为他一点也不想让人觉察到自己的行踪。

菲利普从树篱间的一个缺口挤了出去，到了隔壁的花园里。他对周围环境了如指掌，很快就找到了小路，然后悄无声息地沿着小路边缘的草地前进。他不敢踩在碎石子上，生怕会弄出一丁点儿嘎吱的声响。

突然，他觉得自己听到了什么声音，立刻在原地一动不动，侧耳倾听。应该不会还有另外一个人藏在什么地方吧？他们会不会根本不是埋伏比尔的人而是窃贼？他是不是应该溜回去打

电话报警？

他伸长了耳朵，又竭力地倾听，产生了一种有什么人就在附近也在倾听的奇怪感觉。也许就是在听他——菲利普——的动静。在一片黑暗之中，这可不是什么好念头。

他往前迈了一步——这时突然有什么人野蛮地扑倒了他，把他的胳膊别到身后，迫使他的脸冲着地面。菲利普吃了一嘴花坛里松软的泥土，还被呛到了。他甚至都喊不出救命。

第4章

比尔来访——一个好主意

俘虏了菲利普的人行动起来异常安静。他抓住菲利普时几乎没发出一丁点声响，而且由于这男孩没来得及发出一声呼救，也没有人听见任何动静。菲利普发疯似的挣扎着，因为他的脸被埋在松软的泥土中，所以他几乎给呛了个半死。

他很快被翻转过来，一团不知什么东西塞住了他的嘴。他发现自己的手腕已经被捆在一起了。会发生什么事？那个家伙把他当成了比尔吗？但是他理应知道比尔很高大魁梧啊？

菲利普扭动挣扎着，试图在塞口物后面吐出嘴巴里的泥土。但是徒劳无功，俘虏他的人既强壮又冷酷无情。

他被拎了起来，无声无息地带到了一座凉亭里。"现在，"一个声音低低地在他耳边响起，"你们还有多少人在这里？老实告诉我，不然你会后悔莫及。如果你们还有更多人的话，就咕哝两声。"

菲利普没有回答。他不知道该做什么，该咕哝还是不该咕哝。他反而呻吟起来，因为他的嘴巴里依旧全都是泥土，那尝起来可不怎么好吃。

俘虏他的人用手搜了他的身，然后摸出一个小小的手电筒，快速地拧亮，照了一下菲利普被堵住了嘴的脸。他看到菲利普额前那簇直直竖起来的头发时，倒抽了一口冷气。

"菲利普！你这浑小子！这么黑，你偷偷摸摸地在这儿干吗？"

随着一阵突如其来的惊喜，菲利普认出了比尔的声音。天哪，原来是比尔！唔，那他就不介意自己的嘴里被塞满泥土了。他用力拉扯那个塞口物，发出一阵咕噜咕噜的声音。

"别出声！"比尔急忙低声说道，然后取下塞住他嘴巴的东西，"也许还有别人在。不要弄出声音。如果你有话要说，在我耳边轻声说，就像这样。"

"比尔，"菲利普低声说道，他的嘴巴找到了比尔的耳朵，"有个人藏在我们前门的树丛里。我们发现了他，然后我就溜出来想警告你。小心啊！"

比尔松开了菲利普，男孩轻轻地揉着手腕。毫无疑问，比尔太知道怎么绑人了！幸好他没把自己敲晕。

"后门开着，"他对比尔耳语道，"就我所知没人埋伏在那里。咱们试着进屋里吧。我们可以在那儿谈。"

两个人悄无声息地回到了菲利普所熟知的那个树篱缺口。他们俩都没有踩在碎石子上，以免那轻微的嘎吱声响会给潜藏的监视者发出警告。

他们小心翼翼地从缺口慢慢挤了过去。现在他们在菲利普自己家的花园里了。菲利普拉着比尔的手臂，指引着他沿着树

后门仍旧没锁。菲利普推开了门，他们两个人进了屋子里。"别开灯，"比尔耳语道，"别让任何人察觉我们还醒着。我来锁门。"

丛，慢慢通过了黑漆漆的草坪，向着屋子前进。现在屋里哪儿都没有亮光。曼纳林夫人已经上床睡觉了。

后门仍旧没锁。菲利普推开了门，他们两个人进了屋子里。"别开灯，"比尔耳语道，"别让任何人察觉我们还醒着。我来锁门。"

他们小心翼翼地上了楼。一级楼梯响亮地嘎吱了一声，正在卧室里等候的杰克冲到了门口。幸好他没有打开灯。

"没事——是我，"菲利普轻声说，"我把老比尔带来了。"

"太好了！"杰克兴高采烈地说，把他们拽进了自己的房间。比尔使劲握了握他的手。他对这一家人都十分喜爱。

"我得先去漱漱口，"菲利普说，"我现在还满嘴泥呢。我在花园里一点儿都没敢吐，生怕弄出动静。呸！太恶心了！"

"可怜的菲利普！"比尔极为懊悔地说，"老弟，我不知道是你。我还以为是哪个埋伏着准备袭击我的家伙，我本打算在他抓住我之前制服他！"

"你干得简直太好了，"菲利普边说边漱口，"我的牙膏在哪儿？我必须得好好刷刷牙！噢！"

菲利普的手在一片漆黑中摸索自己的牙膏时，打翻了一只玻璃杯。杯子掉进了洗脸盆摔得粉碎，在这寂静的夜晚弄出了巨大的声响。

"快去告诉女孩们不要打开灯，如果她们被吵醒了的话，"比尔赶紧对杰克说，"快！再去看看有没有吵醒艾丽阿姨。如果她也醒了，也这样警告她。"

露西安醒了，杰克恰好赶上阻止她开灯。曼纳林夫人倒没被吵醒。她的房间离得更远，所以她没听到玻璃杯被打碎的声音。露西安听到杰克急迫的声音大吃了一惊。

"怎么了？"她问道，"出什么事了？是你或者菲利普病了吗？"

"当然不是，"杰克焦急地说，"穿上你的睡衣，把黛娜叫醒。比尔来了！但是我们不能打开任何灯，明白了吗？"

什么东西在他头上拍打着翅膀，低沉而粗哑地叫了一声。"噢，琪琪！我还在想你到哪儿去了，"杰克说，"你怎么今晚睡在女孩们的屋里了？快过来见见比尔！"

露西安叫醒了同样大吃一惊的黛娜。两个女孩穿上了睡衣，来到了男孩们的房间。琪琪已经在那儿了，正开心地轻咬着比尔的耳朵，在他的耳朵里弄出小小的响动。

"哈啰！哈啰！"当女孩们蹑手蹑脚地进到房间里时，比尔招呼道。"谁是谁啊？我只能感觉到你们。啊，你一定是露西安——我能闻到你的雀斑！"

"你不可能闻到雀斑，"露西安边说边咯咯笑，"不过你猜对了，是我，还是老样子。噢，比尔，这么长时间你都去哪儿了？你没给我们任何一个人回过信。"

"我知道，"比尔说，"你瞧——我正在执行一项特殊任务——追踪一帮恶棍——然后，还没等我弄清是怎么回事，他们就得到了我正在干什么的风声——于是他们开始追踪我！所以我不得不躲起来，隐藏好自己。"

"为什么——他们会绑架你什么的吗，比尔？"露西安害怕地问道。

"谁也不知道他们会对我做些什么，"比尔漫不经心地说，"我当然应该永远消失，不过我就在这儿，如你所见。"

"所以这就是为什么那家伙会埋伏在前门——企图抓住你，"菲利普说，"那你现在为什么来见我们，比尔？你想要我们做什么事吗？"

"嗯，"比尔说，"我得消失一段时间，其实我是特地来见你们的妈妈的，让她帮我保管几样东西——以防万一——嗯，以防万一我不再出现了。在那个帮派看来，我现在就是所谓的'众矢之的'。我知道得太多让他们感到不安了。"

"噢，比尔——可是你打算消失到哪里去呢？"露西安可怜巴巴地说道，"我不愿意你就这么消失得无影无踪了。你不能告诉我们吗？"

"噢——我大概会去野外什么地方过一段简单的日子吧，"比尔说，"直到这些家伙放弃追踪我，或者他们被抓起来为止。我不愿意消失的——可别认为我想这么做！我可不怕他们中的任何一个，但是我的长官不能让任何人找到我。所以我必须得完全消失一段时间——甚至不能跟你们或者我的家人联系。"

大家顿时陷入了沉默。大半夜在一片漆黑中被低声告知这些事情可并不怎么令人愉快。露西安摸索着去找比尔的手。比尔捏了捏她的手指。

"开心点！有一天你会再得到我的消息的——明年或者后

年。我应该会进行某种伪装——变成阿拉斯加荒原某处的矿工——或者——或者某座荒岛上孤独的鸟类学家——又或者……"

杰克倒抽了一口气。他脑中灵光一闪，有了一个绝妙的主意。

"比尔！噢，比尔！我想到了一件极其重要的事！"

"嘘！别那么大声！"比尔说，"还有赶紧让琪琪到你肩膀上去，行吗？她快把我整个左耳朵咬下来了。"

"听着，比尔，"杰克急切地说，"我想到了一些事情。我们今天本来很失望——我得先告诉你这件事。"

"说吧。"比尔说，谢天谢地，琪琪没再待在他肩膀上。

"我想你不知道，不过我们都得了很严重的麻疹，"杰克说，"所以我们才没有回学校。嗯，医生说我们应该去别的地方换个环境，于是艾丽阿姨决定让我们跟着琼斯博士和他的队伍，到英国北部的一些海岸和孤岛，去进行一次鸟类观察探险——你知道的，那种只有鸟类生活，也只有鸟类爱好者才会去的地方。"

"我知道。"比尔说，专心致志地听着。

"唔，今天琼斯博士在一起意外中受了伤，"杰克说，"所以我们没法去了，因为没人能带我们去。但是——为什么不能由你带我们去呢？——伪装成鸟类学家之类的？——那样我们就能有一个无比美好的假期，而你也能借此神不知鬼不觉地离开这里，到某个无人之地去——我们回来时可以把你留在那

儿——相当安全!"

又是一阵安静。所有的孩子都屏住呼吸等待着比尔的回答。就连琪琪也似乎不安地在听着。

"我不知道,"比尔最后说,"利用你们来打掩护太过分了——一旦我的敌人看穿了这烟幕弹的话——唔,事情无论对你们还是对我来说可都不太好。我觉得这不可行。"

只要一想到比尔会拒绝这个绝妙的主意,孩子们反而对它更热情更迫切了。他们每个人都对此有话要说。

"我们曾经因为不能去而那么失望——现在似乎又有了办法——在我们看来,毕竟才只有两个星期而已。那之后我们就会回到学校了。"

"你总是非常擅长伪装。你很容易就可以让自己看起来像个鸟类学家——有些认真,总是凝视着远方的鸟儿,肩上挂着望远镜……"

"没人会知道的。我们都能绝对安全地去到北方的大海,那么偏僻那么荒凉,跟你一起。想想那儿的五月吧——海水是那么蓝,鸟儿翱翔,海石竹花遍地开放……"

"你会很安全的,比尔——做梦也没人能想到去那样一个地方追踪你。另外,噢,我们真的好想要这么一个假期。得麻疹都快让我们发霉了。"

"别这么大声,"比尔轻声说道,"就算我自己觉得没问题,我也得先跟你们的妈妈谈谈——这可是个大胆的主意——我想一时之间谁也不会料到我会像那样公然离开。我得说跟你们四个——当然，还有琪琪——一起度过这么一个假期正是我现在所需要的。"

"哦，比尔——我相信你会这么做的！"露西安说着，欣喜若狂地抱住了他，"这糟糕的一天有了一个多么美满的结局呀！"

第5章
激动人心的计划

在曼纳林夫人不知情的情况下，比尔在小客房里过了夜。他说第二天早上会跟她谈谈的。当得知家里的女佣只是每天早上来，而晚上除了这家人之外没有别人在房子里过夜的时候，比尔松了一口气。

"因为现在我们已经康复了，所以就由我们这些孩子来负责整理楼上的床铺还有其他事情，"黛娜说，"所以如果你愿意的话，待在这里是不会被人看到的。我们会把早餐带上来的。"

可是第二天一早所有的事情又被打乱了。曼纳林夫人敲了敲那面把女孩们的房间和她的房间隔开的墙，于是黛娜跑进去看发生了什么事。

"黛娜！最可怕的事发生了！"曼纳林夫人厌恶地说，"现在我得了麻疹了！——瞧瞧我这些疹子。我以为我跟你这么大的时候已经得过了——可是这确实是麻疹。噢，天啊，我真希望我昨天雇用了劳森小姐，让她带着你们去伯恩茅斯或者别的什么地方。现在我们该怎么办？"

"噢，天哪！"黛娜说。她决定告诉妈妈关于比尔在这儿的事。这也许会有所帮助。"我去给你拿外套，再整理一下房间，"她轻快地说，"因为有人想要见你。他也许能帮上不少忙。是比尔！"

"比尔！"曼纳林夫人说，大为惊讶，"他什么时候来的？我一直等到了十一点，但是我觉得实在太累了，只好上床睡觉。好吧，现在——我想知道老比尔是否能将你们从这接走一阵，只需要留下女佣希尔达照顾我！"

"我相信他会的，"黛娜高兴地说，"可怜的妈妈！头两三天是最糟糕的，之后你就不会那么难受了。来——你的枕头舒服吗？我现在去把比尔叫来。"

其他人也得知了这个消息。孩子们既难过又忧虑。大人也会得麻疹吗？可怜的妈妈！可怜的艾丽阿姨！她现在肯定不想让他们留在家里。

"她准备好见你了，比尔，"黛娜说，"我说——我想你已经得过麻疹了，对吗？"

"噢，几十次了，"比尔爽朗地说着，走向曼纳林夫人的房间，"振作起来——我们会马上让一切恢复如常的！"

"但是你只能得一次麻疹啊。"露西安开口说道。门关上了，孩子们只能听到房间里传来一阵低语声。

他们下楼去吃早餐。男孩们多多少少恢复了往常的胃口，但是女孩们还是吃得很少。黛娜望着露西安。

"你的雀斑几乎都看不见了，"她说，"杰克也是。一点阳光会对我们都有好处的。我不怎么想吃这个培根，你呢？哦，天

哪——我希望比尔能快点下楼来。我真想知道他们是怎么决定的。"

比尔没有下楼来。孩子们听见楼上的门打开了，然后是一声轻缓的口哨。比尔显然在担心会在白天过来的女佣。但是她出门去买东西了。

"没事，"黛娜喊道，"希尔达出去了。如果你愿意的话下楼来吧。我们给你留了一些早餐。"

比尔下来了。"除了面包和茶，你们的妈妈不想吃任何早餐，"他说，"黛娜，你热一下面包。我看到水烧开了——等面包一准备好我们就可以泡茶。然后我会打电话给医生，再打电话给你们妈妈的朋友，特雷梅恩小姐，请她过来一两周照顾病人。你们的妈妈说她希望这样。"

孩子们安静地听着。"那么我们呢？"杰克终于开口问道，"你们没决定好吗？"

"不，我决定好了，"比尔说，"你的阿姨请求我带你们离开两个星期——我告诉她我正好打算消失一段时间，所以我会跟你们一起去北方的海边。我不想吓到她，所以没说我需要消失的原因——她今天早上感觉很糟糕——而且她想到你们能出门换个环境就谢天谢地了，几乎没有问我任何问题。"

"所以我们能去了？"杰克说道，声音不可抑制地溢出了喜悦之情，尽管他为艾丽阿姨感到非常难过，"这简直太棒了！"

四张脸洋溢着喜悦的光彩。琪琪从橘子酱里面叼出来一块儿果皮，趁着没人说什么，又从糖罐里叼出来一块方糖。

"有特雷梅恩小姐在，妈妈会过得很好的，是不是？"菲利普诚挚地说道，"她不会想要我们中的哪一个留下来陪她的，对吧？不过如果真是这样的话，我可以留下。"

"你们都离开这所房子会让她感觉好得多的。"比尔说着，吃起了培根，"她非常疲倦，只想要安安静静的。麻疹让人很难受，不过起码她因此能在床上好好休息一段时间！"

"那就好，我们这下真的可以轻轻松松地盼望着离开家去度假了，"杰克开心地说道，"噢，比尔——你总是在最恰当的时候出现！"

"希尔达来了！"菲利普突然说，"你最好赶紧到楼上去，比尔。拿着你的盘子。等我们给妈妈送早餐的时候，我会给你再带些面包和茶的。面包还没好吗，黛娜？"

"刚刚好，"黛娜说，把最后一片面包放到面包架上，"不行，琪琪，别动它。噢，杰克，看看琪琪的嘴巴——橘子酱都要滴下来了。我们都要没得吃了。贪吃的鸟儿！"

比尔躲到楼上去了。希尔达进了厨房，开始往厨灶里塞东西。黛娜过去告诉了她关于曼纳林夫人得了麻疹的事。希尔达非常有同情心，看上去很担忧。

"嗯，我想我能应付得了，"她说，"但是你们这些孩子也在这儿的话……"

"噢，我们不会在这儿的，"黛娜说，"我们会尽快离开去进行一次鸟类观察探险——特雷梅恩小姐会过来照看妈妈——所以……"

再见了，冒险海

"希尔达！希尔达！！希！尔！达！"一个声音叫道，希尔达跳了起来。

"喔唷，是太太在喊我！"她说，"你告诉过我她在床上睡觉！来了，夫人！"

但那其实是琪琪，当然了，在表现她的一种模仿。当看到希尔达跑进饭厅时，她便嘎嘎大笑起来。

"擦干净你的脚！"她命令道，"别吸鼻涕！我告诉过你多少次了……"

希尔达砰的一声关上门出来了。"只要他们有这个权利，我不介意听从他们的命令，"她对正在咯咯笑的黛娜说，"但是我不会听从那只傻鸟的命令。我希望，小姐，你们会带着那只鹦鹉跟你们一起去。你们不在的时候我可不想照看她。她会把我逼疯的。"

"噢，我们当然会带着她！"黛娜说，"杰克可从来没有想过不带她去。"

医生来了。特雷梅恩小姐也到了。希尔达同意留下过夜。一切看起来都有条不紊。比尔藏在客房里，把门锁了起来以防希尔达闯进来，他迅速制订了几个计划。

"收拾好你们的东西。预约一辆明晚八点的出租车。我们赶夜间火车去北方。我今晚会溜出去把剩下的旅程和假期计划制订好。我会在尤斯顿站跟你们碰头，到时我可就不是你们所认识的那个比尔·斯莫格斯啦！我将会是沃克博士、博物学家。我一看见你们到达就会走过来并大声进行自我介绍，以防万一

038

有人会认出你们——或者我！然后我们就出发。"

这一切听起来都那么令人兴奋。这是一个多么神秘的假期开场啊！听上去他们好像要出发来一场一等一的冒险，但其实并非如此。如果真是去冒险的话那肯定会很有趣的，但是在一座孤零零的鸟岛上能发生什么呢？除了鸟儿还是鸟儿，其他什么也没有。

比尔趁夜色溜了出去。没人知道他曾经待在这所房子里，甚至连暂住在曼纳林夫人卧室旁边的小更衣室里的特雷梅恩小姐也对此一无所知。曼纳林夫人答应不会说出比尔曾经来过的事，以免会让他陷于危险之中。不过她那天实在太过昏昏沉沉，以至于她都开始怀疑比尔是不是真的来过，抑或只是自己在做梦。

孩子们整装待发。漂亮衣裙什么的完全不需要！短裤和运动衫、橡胶鞋、泳衣还有防水雨衣才是他们所需要的东西。再加上几件羊毛衫、几条毛巾——再来几条毯子？会有屋子让他们睡觉吗？比尔没说过这些。他们只知道有可能会睡在帐篷里。那该多有意思啊！他们决定不带毯子了。如果他们用得着这些东西的话，那么比尔肯定会带着的。

"望远镜、笔记本、铅笔、我的相机，还有一条绳子。"杰克说着，试图考虑好所有的事情。露西安看上去很吃惊。

"一条绳子？"她说，"为什么要带一条绳子？"

"如果我们想去查看那里的筑巢地的话，可能会需要攀岩。"杰克说。

"好吧，如果你愿意的话你可以去攀岩。我可不去！"露西安说着，打了个冷战，"我可不愿意只系着一条绳子就爬下陡峭的悬崖，脚还几乎无处落地。"

"琪琪把你的铅笔拿走了，"黛娜说，"琪琪，别这么讨人嫌。如果你再这样的话，我们就不带你去看海鹦了。"

"呼呼噗噗，噗噗呼呼，呼呼松饼，松饼烤饼。"琪琪学着这些发音，为自己说了些新的东西而兴高采烈地咯咯地敲着鸟嘴，"呼呼噗——"

"噢，不要再呼呼噗噗了。"黛娜喊道。

"天佑吾王。"琪琪说道，笔直地挺起了身子。

"天知道那边的鸟儿会怎么想你，"露西安说，"杰克，我们是不是该把她放进个篮子里好跟我们一起上火车？你知道她会干什么的，不停嚷嚷着'警卫，警卫'并且假装吹警哨，再告诉所有的人擦干净他们的脚。"

"她可以站在我的肩膀上。"杰克说，"我们应该会在火车的睡床或者铺位上睡觉，她不会闹事的。不要再敲你的嘴啦，琪琪。总是让自己被人讨厌可不怎么聪明。"

"调皮的波莉！"琪琪说，"整天唱着波莉——沃莉——奥莉！"

菲利普朝她扔过来一个靠垫，于是她退回到了窗帘顶端，生着闷气。孩子们继续讨论起他们即将到来的假期。

"终于还是能跟比尔一起去了，实在太走运了！"杰克说，"这可比跟琼斯博士一起去好多了。我想知道他会不会弄一条船好去周围转转。天哪，我要好好享受接下来的一两周时间。我们说不定还能看到大海雀呢！"

"你和你的大海雀！"菲利普说，"你心里很清楚它们已经灭绝了。不要又来一遍了，杰克。不过我们也许能在那里找到小海雀——还有刀嘴海雀——还有悬崖上面成千上万的海鸠。"

第二天终于到来了，又挨到了晚上。曼纳林夫人大部分时间都在睡觉，特雷梅恩小姐不让他们进屋叫醒她好说再见。

"最好不要，"她说，"我会替你们说再见的。无论你们要去哪儿，记得给她写信。我是不是听见出租车的声音了？我送你们出门。"

的确是出租车到了。他们把自己的行李都捆了起来。出发去伦敦——去见沃克博士——然后远行至几百英里之外的北方，去人迹罕至的荒野之地。这次没有冒险，只有跟比尔共度的美好又无忧无虑的假期。

"请上车！"琪琪用一种低沉的声音说道，把出租车司机吓了一跳，"一，二，三，出发！"

第6章
远行吧

比尔已经告诉了孩子们具体在尤斯顿车站的什么地方等他，所以，每个人都带着一个箱子和一件防水雨衣，径直前往碰面地点。

他们站在那里等待着。"假如，"菲利普用一种神秘兮兮的语气说道，"只是假如，比尔在追踪的那个帮派的其中一人知道比尔会在这里跟我们碰面——然后走过来告诉我们他就是比尔——接着把我们都带走了，那么我们就将永远从这个世界上消失了！"

可怜的露西安充满惊恐地盯着他，她的眼珠子都快要瞪出来了："噢，菲利普——你觉得会发生那种事吗？天哪，我真心希望我们见到比尔时能认出他来。要是我们认不出他却还得跟他一起走的话，我会吓死的。"

一个非常胖的男人微笑着靠近了他们。他从头到脚都长得很大，巨大的脑袋，巨大的躯体，巨大的脚——还有他笑起来时露出的巨大的牙齿。露西安觉得自己的心沉了下去。这不可能是比尔！没人能把自己弄得那么巨大，除非他一开始就胖成了那样。她紧紧抓着菲利普的手。这会是那个帮派中的一个成员吗？

"小姑娘，"那个大个子男人对露西安说，"你的防水雨衣掉在后面了，如果不捡起来的话，可是会弄丢的哦。"

他刚开始说话的时候露西安的脸就唰地变白了。她看了看四周，发现自己的雨衣掉在了地上。她把雨衣捡了起来，满脸通红，结结巴巴地说了几句道谢的话。

大个子男人又微笑起来，露出他的一口白牙。"别这么害怕呀，"他说，"我又不会吃了你！"

可他看起来就像会这么做一样。露西安想着，躲到了杰克身后。

"砰，去追黄鼠狼！"琪琪用一种礼貌的谈话语气说道，"砰！砰！砰！"

"多么聪明的鸟儿啊！"大个子男人说着，伸出他的手去拍琪琪。而她用嘴巴恶狠狠地拧了他一下，然后发出了像火车头一样的尖啸声。

大个子男人的笑容不见了，他怒容满面。"危险的鸟，真是。"他说道，然后消失在了人群中。孩子们松了一口气。当然，他们并不认为男人是个帮派成员——那只是菲利普编出来的而已——但是他们担心万一他一直跟他们说话，就会妨碍比尔过来跟他们会合。

他们站在大钟之下，四下张望寻找着比尔。可是他们没看到任何一个哪怕有一点儿跟他相像的人。这时一个步履蹒跚、

弯腰曲背的男人走了过来，他锐利的眼神透过厚厚的眼镜镜片盯着孩子们。

他穿着一件厚重的长大衣，背后斜挎着望远镜，戴着一顶怪里怪气的黑色格纹帽子。他还长着黑色的大胡子，然而他却用比尔的声音在说话。

"晚上好，孩子们。我很高兴看到你们这么守时。现在终于可以开始我们小小的远征了。"

露西安脸上绽开了笑容。撇开大胡子和奇怪的装扮不说，那是比尔温暖又好听的声音没错。她几乎就要扑上去抱住他喊"噢，比尔，见到你真好"，这时杰克——似乎已经预感到露西安冲动之下准备要做什么——把她挤到了一边，然后彬彬有礼地伸出手来。

"晚上好，沃克博士。您好吗?"

其他人领悟到了杰克的暗示，现在任何旁观的人都会认为这四个孩子正在跟一个准备带他们去某地旅行的家庭教师或者监护人问好。

"到这边来，"沃克博士说，"我找到一个搬运工来搬你们的东西。嘿，搬运工，麻烦把这些行李放到你的推车上，再帮我们找找预订的十点钟那趟火车上的座位。谢啦!"

不一会儿他们全都安全地登上了那趟夜间火车。孩子们对他们小小的"卧室"激动不已。露西安很喜欢这种所有的东西都可以折叠起来或者向一边推开的设计方式。

"现在，你们必须睡上一整晚，"比尔说，他从厚厚的镜片后面笑看着他们，"沃克博士希望看到你们准时起床享用早餐。"

"我们要怎么去我们准备去的那个地方呢？还有那地方具体在哪里呢？"杰克问道。

"嗯，我们先坐这趟火车，再换乘另一趟火车，然后坐汽艇到达要去的地方。"比尔说。孩子们看起来很兴奋。他们热爱旅行。

"我这儿有张地图，"比尔确认门已经关好后说道，"这地图上标注了所有散落在苏格兰西北海岸的小岛——大概有几百个。有些太小的岛屿没有标注。我觉得没人去过所有这些小岛——除了栖息在那里的鸟儿。我想我们可以在其中一个岛上设立我们的大本营，然后在周围游览一下，拍拍照片，看看鸟儿们的日常生活。"

两个男孩的眼睛一下亮了起来。这将多么美好啊！他们曾想象过在阳光洒满水面的日子里，慢悠悠地梭巡在温驯的鸟儿所栖息的小岛之间，在微风中痛痛快快地野餐，坐在礁石上把脚浸在清澈的水里晃悠。一想到这些他们的心都沉浸在快乐之中了。

"我真正想要的是，"菲利普说，"一两只驯服的海鹦。我还从没见过活生生的海鹦呢——只见过毛绒玩具——不过它们看起来像真的一样。"

"我想你会教它们坐起来然后撒娇。"比尔逗乐道。

"呼呼噗噗，"琪琪郑重地说道，"天佑吾王。"

不过没人留意她。大家都过于沉浸在对这不同寻常的假期

的设想之中了。

"等你们回去后，我会继续留在那里。"比尔说，"你们走了会让我觉得有点儿孤单的，不过想必你们会给我留下你们驯服的海鹦做伴。"

"我不愿意离开你，"露西安说，"你会一个人在那儿待很长时间吗，比尔？"

"一段相当长的时间，我猜，"比尔说，"长到我的敌人已经忘记我，或者认为我已经死了很久了。"

"天哪！"露西安说道，"我真希望你不要过那么危险的生活，比尔。你就不能做些别的事情吗？"

"什么事情？你是说做个园丁，或者电车售票员，或者类似那样的安全的事情吗？"比尔问道，笑呵呵地看着露西安严肃的小脸，"不，露西安——这样的生活才适合我。我站在法律、秩序和正义的一边——在我心中，它们值得冒任何风险。邪恶的确强大而有力，但是我也同样强大而有力，而且我觉得尝试着以自己的力量对抗坏人和他们的犯罪行为是件很棒的事情。"

"嗯，我觉得你很了不起。"露西安坚定地说，"而且我也相信你会赢的。不过你不讨厌躲起来吗？"

"我对此简直火冒三丈，"比尔说，看起来满腔怒火，不过声音中的语气使得其他人意识到他对于明明还有许多工作没完成却不得不"消失"这件事有多么无奈，"但是——命令就是命令。再说，我的消失意味着一个对我们所有人来说无比美好的假期。好了，小伙子们，你们研究完那张地图了吗？"

两个男孩一直在仔细研究那张岛屿的地图。杰克将手指放在其中一个岛屿上，"瞧——这个看起来很不错——羽翼之岛——上面一定全都是鸟儿！"

　　"我们可以过去看看，"比尔说，"我们可能会真的迷失在那里，不过没关系。谁会介意五月时节迷失在蔚蓝的大海上呢？况且还有那么多座小小的梦幻岛屿在等着迎接你们？"

　　"听起来好棒啊，"黛娜说，"噢，看看琪琪。她正试着把那个洗脸盆里的塞子从链子上拔下来呢。"

　　琪琪已经里里外外探索过了整间"卧室"，还在其中一个水瓶里美美地喝了一顿。现在她站在小小的毛巾架上，用人的声音打了个大大的哈欠，把脑袋塞进了翅膀下面。正在此时火车上传来一阵阵砰砰的关门声，她又把脑袋抬了起来。

　　"把门关上，"她说道，"门啊砰砰响。快去叫医生。"

　　火车鸣笛了，琪琪也尖叫起来。随着火车离开车站，整间"卧室"突然晃动了起来。她差点从毛巾架上掉下来。

　　"可怜的琪琪，真可惜，真可惜！"她叫着，飞到了杰克的肩膀上。

　　"到上床睡觉的时候了。"比尔说着，站起身来。他的黑胡子和厚底眼镜使得他看起来很奇怪。谢天谢地，他摘掉了那顶糟糕的黑色格纹帽子。

　　"我们是两个人，还是四个人一起睡在这儿？"露西安问道，打量着"卧室"一边一张的小小床铺，心里有些拿不准。

　　"两个人，"比尔说，"我就在你们右边的单人间里——再右

边是另一间隔间，或者说房间，给两个男孩睡。我就在你们的中间，你瞧——如果你想要什么东西的话，只需要使劲敲敲我们之间的木板墙，我就会马上冲进来啦。"

"噢，太好了！"露西安说，"我真高兴你离我们那么近。比尔，你要戴着你的胡子睡觉吗？"

"这个嘛，因为粘得很紧，现在要是取下来的话可是相当痛的，不过我会取下来的，"比尔说，"等我们安全抵达那些岛屿之后，我就把它拿下来。在那儿没人会看见我们。你难道不喜欢我戴着这漂亮的胡子吗？"

"不怎么喜欢，"露西安说，"我看着你的时候感觉好像你不是你了，不过听到你的声音时就没事了。"

"好吧，我的孩子，要看着我时就把眼睛闭上吧，这样你就不会有那种讨厌的感觉了。"比尔笑着说道，"现在晚安吧，好好睡一觉。来吧，小伙子们，我带你们去你们的隔间。早上我会叫你们起床，然后我们穿戴整齐一起去餐车吃早饭。"

"我现在就觉得有点饿了，"菲利普说，"尽管我们吃了一顿丰盛的晚餐，但那是好久以前了。"

"好吧，我这儿有些三明治还有香蕉，"比尔说，"我去拿。但是不能等太久才上床，因为时间已经不早了。"

"才刚刚过了十点啊。"黛娜说道，但是她说话的时候打了个大大的哈欠。琪琪立即模仿起了她，这让其他的几个人都开始打哈欠了。

比尔去了他自己的隔间拿了些三明治和成熟的香蕉。然后他跟女孩们说了晚安，带着男孩们去了他们自己的"卧室"。在火车上睡觉真是件令人兴奋的事情。火车以每小时六十英里的速度在夜色之中飞驰，在这样的晃动中脱衣服有一种奇异的感觉。

在床上躺着，听着火车车轮在铁轨上急速转向发出的"咯噔咯噔嗒! 咯噔咯噔嗒!"的声音，令人感觉很是舒服。

"远行吧，远行吧，远行吧，"车轮仿佛在跟露西安这样说着，她的眼睛闭上了，她的意识摇摆着潜入了睡眠的状态，"远行吧……"

尽管如此兴奋激动，四个孩子还是很快就沉沉睡去，进入了梦乡。他们梦到了什么呢? 很容易就猜得到，蔚蓝的大海，如同水晶一样明澈、迷人的小岛，大大的白色云朵飘浮在无边无际的晴空之中，还有鸟儿，鸟儿，鸟儿……远行吧，远行吧，远行吧。

第7章
终于来到了大海之上

旅程在孩子们再次醒来之前已经过了大半。比尔咚咚地敲了敲墙，他们一下子从梦中惊醒。他们穿好衣服，摇晃着一路向餐车走去，每个人都觉得饥肠辘辘。露西安不太喜欢跨过两节车厢连接的地方。每到此时她就紧紧地抓住比尔的手。

"我总是担心，当我走过两节车厢的连接处时，火车可能会恰好断成两截。"她这样为自己解释。比尔非常理解她，不过其他人都觉得露西安这个离奇的想法有些小题大做。

琪琪早餐时的表现极差，只因为不准她吃哪怕一点点橘子酱就乱丢面包片，还嘎嘎地粗声大叫。她发出粗鲁的叫声拒绝杰克给她的葵花子。其他的乘客饶有兴味地看着她，哈哈大笑——这只会让琪琪更加卖力地摆起谱儿来。

"停下，琪琪。"比尔恼怒地说，快速地敲了敲她的鸟喙。琪琪尖声叫起来，猛地扑过去抓住了他的胡子，恶狠狠地拽下来一些。琪琪并不明白为什么比尔出现的时候下巴还有两颗会多出来一团奇怪的毛发。至于现在嘛，带着那些拽下来的毛发，她退回了桌子下面，开始轻轻地啄着，把毛发一根一根地分开，自言自语起来。

"就让她这样吧,"比尔说,"把我的那点儿胡子撕成小片应该会让她高兴的。"他摩挲着自己的下巴,"可真疼啊。但愿我现在看起来不太奇怪?"

"噢,没有——看不太出来,"杰克向他保证道,"这样的旅行总是会让琪琪兴奋不已。我把她从学校带回来的时候她表现得糟糕透顶——像警卫似的吹哨子,还告诉车厢里所有的人要擤鼻涕,把脚擦干净,过隧道的时候一直尖声大叫到我们几乎被震聋了。"

"但是她真的很惹人喜爱呀。"露西安诚恳地说道,只字不提琪琪此时此刻正在解开她的鞋带,把它们从鞋子里拉出来!

旅途漫漫。他们需要在一个熙熙攘攘的大车站换乘火车。接下来的这趟火车不像第一趟火车那么长,行驶得也没有那么快。这趟火车把他们送往海边的一个地方,孩子们兴高采烈地看着蔚蓝大海在远处如同一条明亮的细线那样闪闪发光。哇哦!他们都热爱大海。

"现在我才感觉我们的假期真的开始了,"露西安说,"我是说,现在我们已经看到大海了。这让我真正有了度假的感觉。"

每个人都感同身受,甚至琪琪也不例外。她这会儿正在孩子们脑袋上方的行李架上像个正在跳战阵舞的战士一样跳来蹦去呢。他们在一个海边的大城镇下了火车,琪琪飞下来落到杰克的肩上。

一阵强风吹过他们的脸颊,女孩们的头发被吹得向后飘动。

比尔的胡子也向后飘着，琪琪小心翼翼地让自己的嘴巴对着风来的方向，迎风而立。她讨厌自己的羽毛被弄乱。

他们在一家旅馆里美美地吃了一顿，然后比尔去港口查看他的汽艇是否已经在那儿了。船刚刚抵达。把船送来的男人非常了解比尔，也被告知了他会以什么样的伪装出现。

"早上好，沃克博士。"那男人大声说道，"真是个适合你们探险的好天气。一切就绪，先生。"

"充足的补给，嗯？亨迪？"沃克博士问道，透过厚厚的眼镜眨了眨眼。

"足够支撑一场围城战，先生，"亨迪说，"我来为你们引航，先生——我有一艘船在后面。"

大家都上了船。这是艘很不错的汽艇，前端有个小小的船舱。杰克的眼睛在看到储备的食品时一下亮了起来——成堆、成堆、成堆的罐头！那个小冰柜里也塞满了东西。太好了！不管怎么说会有很多东西可以吃，而这一点，在杰克看来，正是度假中需要计划的主要事项之一。人们在度假的时候总是会觉得特别饿。

亨迪把他们带出了港口，他的小船系在后面摇摇摆摆的。等他们到了港口之外，亨迪向他们敬了个礼，跳到了自己的小船上。

"那么——先生，祝你好运，"他说，"无线电一切正常，先生——我们会定期等着接收消息，好知道你一切都好。这是备用电池，还有一套修理工具。先生，祝你一切顺利。两个星期之后我会在这儿等着接孩子们。"

他划动小船，船桨在水里轻轻地哗啦哗啦作响。随着比尔的汽艇疾驶而去，很快，他看起来就像是一个小点。

"好——我们出发！"比尔心满意足地说道，"我的胡子也可以拿下来了——还有我的眼镜，谢天谢地。还有我的大衣。来，菲利普，你知道怎么驾驶汽艇，对吧？我去收拾自己的时候你来掌舵。现在不可能会有人看到我了。让船朝着西北方向前进。"

菲利普骄傲地接过了船舵。他们在蓝色的水面上疾驶而过，船的引擎发出平稳的呜呜声。这是美妙的一天，几乎快像夏天一样热了。五月的太阳从点缀着小小卷曲云朵的天空中照耀下来，斑驳的光点在海浪上起舞。

"太美了！"杰克欣喜地喃喃着，靠着菲利普坐下，"简直、完全、太美了！"

"我有一种很快乐的感觉，"露西安说道，看着这令人愉悦的画面，"你知道——就是一个愉快的假期刚刚开始时你会有的那种感觉——当所有的日子都在你面前展开，暖洋洋的，懒洋洋的，令人沉醉。"

"你如果不小心点儿，这样下去最后会变成个诗人的。"菲利普握着船舵说道。

"唔，如果当一个诗人的感觉就跟我此时此刻的感觉一样，我倒是不介意这辈子做个诗人，就算那意味着必须得写诗。"露西安说。

"三只瞎老鼠，看它们怎么跑。"琪琪插话道。一时之间大家都以为琪琪是要加入这场关于诗歌的谈话，举了个她认为是诗歌的例子。但她其实只是在指那三只忽然出现在菲利普肩头的驯服的小老鼠。它们优雅地站在那里，扬起粉红色的鼻子，嗅着海上咸咸的空气。

"噢，你真讨厌，菲利普！"在杰克旁边座位上的黛娜说道，"我原以为你没有带来那些可恶的小东西呢。我真希望海鸥把它们吃掉。"

不过当他们在碧绿的浪花上飞掠而过，在身后留下一条仿佛长长的羽尾似的白色轨迹的时候，就算是黛娜也生不了多久的气。当比尔从小船舱里出来时，他们全都兴高采烈地冲他打招呼。

"比尔！亲爱的老比尔，你看起来又像你自己了！"

"噢，比尔——再也别戴胡子了。那实在太有损你的帅气了。"

"万岁！我们永远失去沃克博士啦！傻兮兮的家伙，我一点都不喜欢他。"

"比尔，你又帅气起来了。现在你笑的时候我能看到你的嘴巴了。"

"埋单！埋单①！"

"闭嘴，琪琪，要不然海鸥会来抓走你！"

"啊，这才像样嘛。"比尔高兴地说着，从菲利普手中接过了船舵，"天哪，要是一直是这种天气，不出一两天我们就都会被晒伤的。最好别脱下你们的上衣，小伙子们，否则你们会被晒得起水疱的。"

每个把外套丢在一边的人都赶紧又把自己裹了起来。凉风习习，但阳光炙热。从远处眺望，大海呈现出一种令人难以置信的蓝，矢车菊一样的颜色，露西安心想。

"现在，我的朋友们，"比尔说道，他的白色衬衫在微风中飘拂，"这是个假期，而不是什么令人毛骨悚然的冒险。你们已经受够冒险了吧。我们已经一起经历过三次了，这次我想要个假期。"

"说得对，"杰克说，"就应该是个假期。冒险一边儿去！"

"我也不想要任何冒险了，"露西安说道，"我已经冒险过很多次了。这对我来说已经算是一种冒险了。我最喜欢这种——而不是那种我们得躲藏起来，在秘密通道中匍匐前进，生活在洞穴里的冒险。我就想要一段暖和的、懒洋洋的、微风和煦的时光，跟我最喜欢的人在一起。如果艾丽阿姨也在这儿就好了——不过也许她不会太喜欢这样子。"

"我希望她感觉好些了。"黛娜说，"我说，陆地在哪儿？我

---

① 原文 Bill，在英文中还有账单的意思。

什么也看不到——甚至连一座岛都没有！”

"明天你会看到很多的，"比尔说，"你可以自己挑一座。"

这是个美妙的午后和傍晚。他们在甲板上享用了一顿精致的下午茶，由两个女孩负责准备的茶点。她们在船舱的食品柜里找到了新鲜的面包、草莓果酱，还有一个大大的巧克力蛋糕。

"大家多吃点吧。"比尔说，"现在你们没法经常能得到新鲜面包了。我怀疑在那片我们要去探访的小岛之间找不到任何农舍。不过我倒是带了很多各式各样的罐装饼干。至于这个巧克力蛋糕嘛，尽情享用吧——我想你们两个星期之内再吃不到任何蛋糕了。"

"我无所谓，"黛娜说，用力嚼着食物，"我饿了的时候才不管我吃的是什么呢——我看这个假期我会一直很饿的。"

太阳在一片耀眼的金光中落下去了，那些小小的卷曲的云朵被染成了灿烂的粉红色。汽艇依旧在闪耀着粉色和金色的海面上前进着，前进着。

"太阳把自己沉进大海里了，"随着它的消失，露西安最后说道，"我看着最后的一丁点沉到水里去了。"

"我们今晚睡在哪儿？"杰克问道，"虽然我并不介意——不过如果能知道的话就再好不过了。"

"船头的什么地方应该有两顶帐篷，"比尔说，"我想，等我们到了哪个样子让我们喜欢的小岛，我们就可以登陆，把帐篷支起来在那儿过夜。你们觉得怎么样？"

"噢耶！"大家说，"让我们来找个小岛吧——一个真正的漂

亮又原始的小岛！"

不过此时此刻并没有任何岛屿出现在视线中，甚至连一座小小的岩石岛也没有。比尔将船舵交给了杰克，自己研究起了海图。他用手指指着："我们一直在沿着这个方向行驶。我们应该很快就会到达这两座小岛。其中一座岛上有人居住，还有——我相信——一个小码头。我们今晚最好去那儿过夜，然后再出发驶往未知的明天。现在搜索更远的小岛已经太晚了。等我们到那儿时天应该已经黑了。"

"现在天色还很亮呢。"菲利普边说边看着他的手表，"在家里的话，这时候天应该已经黑了。"

"越往北方，天色黑得越晚，"比尔说，"不要现在问我为什么。我觉得自己这会儿可没法给你们上课。"

"你不需要告诉我们，"菲利普傲慢地说道，"上个学期我们已经全都学过了。你瞧，由于太阳……"

"饶了我吧，饶了我吧。"比尔求饶道，又把船舵接了过来，"瞧，你有一只好奇的小老鼠正在闻琪琪的尾巴呢。要是你不把它挪开的话，马上就会发生一起谋杀案的。"

然而比起伤害菲利普的小宠物，琪琪可有主意得多。她在吱吱的耳朵边上特别大声地开合嘴巴，满意地看着它惊慌地跑回菲利普身边，沿着他的光裸的腿蹿上去，转眼之间就躲进了他的短裤里。

海水渐渐褪去了蔚蓝的颜色，变成了一片灰绿。微风变得冷起来，每个人都穿上了针织套衫。在遥遥的远处，一块深色的隆起物隐隐显现出来——陆地！

"就是这里了，这就是我们今晚打算过夜的其中一个岛屿，"比尔高兴地说道，"我觉得直奔目的地这事儿我干得不错。我们很快就会到了。"

没过多久他们就探到了一个小小的石砌码头的边沿。一个穿着长款蓝色套头衫的渔夫正好在那儿，看到他们吃了一惊。

比尔解释了几句。"啊，所以恁们是来看鸟的，"渔夫说道，"嗯呐，在那边恁们能看到好多。"他冲着大海的方向点了点头。"恁们今晚上准备睡哪儿？俺的小屋可盛不下这么些人。"①

露西安听不懂他说的话，但是其他人还是拼凑出了他的意思。"拿上帐篷，"比尔命令道，"我们得很快把它们支起来。我们会请渔夫的妻子给我们做一顿饭。这样可以节省我们自己的储备粮食。也许我们能弄到点儿奶油，还有好黄油。"

等到天终于黑下来的时候，他们已经全都美美地饱餐了一顿，舒服地蜷在两顶帐篷的防潮垫和毯子上，准备睡觉了。新鲜的空气令他们如此昏昏欲睡，女孩们甚至没来得及说声晚安就睡着了。

"他们太彪了，"渔夫跟他的妻子说道，"浪费那麻好的一艘船就为了去看鸟。看鸟！明明有那么多号鱼可以抓！好吧，他们很快就能看到一堆鸟了。啊，他们简直太彪了！"

---

① 渔夫说的话为土语，为了还原语境，这里也翻译成方言。

第8章
鸟之岛

　　第二天，吃过一顿由麦片粥、奶油，还有烤鲱鱼组成的健康早餐之后，他们五个人收起了帐篷，登上了船。这艘船被命名为"幸运星"，孩子们觉得这是个很棒的名字。

　　琪琪不怎么受老渔夫和他的妻子待见。他们以前从未见过鹦鹉，对琪琪充满怀疑。

　　"天佑吾王。"琪琪说道，她已经从之前的经验里学到大多数人都会觉得她说的这句话很好。但是她又画蛇添足地说道："女王跳，砰，砰，砰!"

　　现在她跟其他人一起上了船，小船又一次在蔚蓝的水面上轻掠而行。依旧是晴空万里，阳光猛烈。真正的五月天气，使得大海呈现出一种清澈、透明的蓝，成千上万的小光点在水面上雀跃起舞。

　　"我还是有那种很快乐的感觉。"露西安开心地说着，她的手垂在船舷边上，感受着清凉柔滑的海水攫住她的手指向后拖曳，"现在去找鸟岛吧! 我们今天真的会找到一些的，对吧，比尔?"

"当然喽。"比尔说着，提高了一点船速。水沫飞溅起来，轻轻地落到每个人身上。

"噢噢噢，真好！"黛娜说，"我正嫌热呢，正好让我凉快下来。再来一次，比尔！我觉得可以再多来几次。"

他们在水面上飞驰了五个小时，然后杰克喊起来："海岛！看，你们可以看见地平线上这一团那一团的小点！那一定是海岛！"

现在孩子们开始看到水面上和天空中有许许多多不同的鸟儿。杰克兴奋地叫出它们的名字来。

"那儿有一只剪水鹱！这可真是个好名字。菲利普快看，那是只刀嘴海雀！——天啊，那是只侏海雀吗？"

男孩们对野生海鸟的形貌如数家珍，激动得差点从船上掉下去。许多鸟儿看起来一点也不害怕汽艇发出的噪声，继续自顾自地上下翻飞着，就算几乎快要撞上船了也懒得转弯避开。

"那儿有只鸬鹚，"杰克喊道，"快看！你能看到它在水下游泳——它抓住了一条鱼。它过来了。它笨手笨脚地从水里出来飞走了。天啊，如果我把相机准备好该多好！"

琪琪用恶狠狠的眼神盯着这么多的鸟儿。她不喜欢杰克突然对其他鸟儿所表现出的兴趣。当一只大海鸥恰好悠闲地飞到了汽艇上方时，琪琪从下面猛然直冲而上，发出了一声可怕的尖叫，然后在空中翻了个筋斗。那只大海鸥被吓了一跳，扇动着强壮的翅膀垂直上升，惊慌地叫了起来：

"咿咿咿——噢噢——咿咿——噢噢噢噢噢！"

琪琪惟妙惟肖地模仿了它，那只大海鸥，以为琪琪一定是某种奇怪的同类，于是在周围盘旋。然后它冲着鹦鹉猛扑了一下。不过琪琪翻身躲开了，落到了杰克的肩膀上。

"咿咿——噢！"琪琪挑衅地叫了一声。那只大黑背鸥疑惑地瞥了一眼之后，继续赶自己的路了，估计它正百思不得其解，到底是哪种海鸥行为这么古怪。

"你真是个笨蛋，琪琪。"杰克说，"总有一天某只海鸥会把你当晚餐给吃了的。"

"可怜的老琪琪。"鹦鹉说道，还活灵活现地叹息了一声。比尔笑起来。"我不能想象等我们看到海鹦在帚石楠和海石竹花丛中蹒跚而过时，琪琪会干出什么事情来，"他说，"恐怕她不会让它们好过的。"

当他们接近第一座海岛时，水上和空中可以看到越来越多的鸟儿。它们时而在风中优雅地滑翔，时而潜入水中捉鱼，时而如玩具鸭子一样在水面漂浮。各种各样的叫声汇成了一首大合唱，有些尖锐，有些低沉，还有些凄婉而孤独。它们给了孩子们一种原始而又狂喜的感觉。

当他们靠近这座岛时，孩子们突然陷入了沉默。一座悬崖高耸在他们眼前，从上到下满满的全是鸟儿！孩子们欣喜若狂地盯着看个不停。

鸟儿，鸟儿，鸟儿！每一层岩壁上都有鸟儿或站或蹲，成千上万的白色塘鹅，数不胜数的褐色崖海鸦，还有其他的海鸟都混杂在一起，尽管男孩们不停地把眼睛贴在望远镜上，也还是没法把它们全都辨认出来。

"多么熙熙攘攘啊！"比尔说着，也目不转睛地看入了迷。的确如此。除了那些站在岩壁上的，总有鸟儿不停地穿梭往来。就这样，鸟儿们忙碌地来来去去，伴随着一阵阵兴奋的叫声。

"它们对自己的蛋不太上心了。"轮到露西安从杰克的望远镜中观察的时候，她难过地说道。那些粗心大意的鸟儿起飞时，会把它们珍贵的蛋从岩壁上撞翻落下悬崖，在底部的石头上摔个粉碎。

"它们能下很多蛋呢。"菲利普说道，"来吧，露西安——把望远镜还给我吧！天啊，多么壮观啊！我今晚应该把这些都写在我的笔记本上。"

汽艇小心地绕行靠近了岩石峭壁。比尔不再看鸟，而是仔细地留意着礁石。绕过那陡峭的悬崖就是一片向下的斜坡，比尔发现了一个看起来适合泊船的地方。

那是一片小小的有遮掩的沙地海湾。他把船驶进去，缓缓地着了陆。他跟两个男孩一起跳下来，为了安全起见，把船锚稳稳地抛上岸然后挖坑埋了起来。

"这里会成为我们的大本营吗？"黛娜问道，四处张望着。

"噢，不会，"杰克马上说道，"我们还要四处游览一下呢，接着去找一个海鹦之岛，是吧，比尔？我真的很想待在这些鸟岛之间，好能随心所欲地从一个岛跑到另一个岛。不过我们今

再见了，冒险海

晚可以待在这里，对吗?"

对四个孩子和比尔来说，这是美好的一天。伴着成千上万在头顶上方盘旋鸣叫却显然一点也不害怕他们的鸟儿，孩子们向着刚才从另一边看到的陡峭悬崖走去。

鸟儿们在地上筑巢，有时要不打扰到正在孵蛋的鸟或者不踩碎鸟蛋就走过去是一件挺困难的事。有些鸟儿作势冲着孩子们的腿狠啄，不过没人被真的碰到。那只是一种威胁的姿态而已。

琪琪少见地沉默不语。她蹲坐在杰克的肩膀上，脑袋缩进了脖子里。一下子这么多鸟儿看起来好像让她不知所措了。不过杰克知道她很快就会恢复过来，然后说着"擦干净脚"和"把门关上"来吓唬周围的鸟儿。

他们到达了悬崖的顶端，耳朵几乎快被周围的鸣叫声震聋了。鸟儿们在空中起起落落，滑翔飞升，在蓝天之中织就了无穷无尽的图案。

"真有意思，它们从来不会撞到彼此，"露西安惊讶地说道，"一次相撞都没有。我一直看着呢。"

"估计有个交通警察，"菲利普严肃地说，"你也许不知道，它们之中可能有一些翅膀下面带着执照呢。"

"别闹了，"露西安说，"不管怎样，千千万万只鸟在一起却没有碰撞，它们可真聪明。太吵了！我几乎听不见自己的说话声了。"

他们来到了悬崖的最边沿。比尔拉着露西安的胳膊。"别靠太近，"他说，"这里的悬崖几乎是垂直的。"

确实如此。当孩子们趴下来，小心翼翼地从上面俯视时，这给了他们一种奇怪的感觉，海水看起来是那么、那么地低低在下，缓慢地来了又去，只有遥远的隆隆声提示着海浪的撞击。露西安发觉她自己正抓着旁边开满海石竹花的草丛。

"不知怎么的，我总觉得自己在地上不安全，"她笑着说，"我觉得我好像得紧抓不放。我觉得有点——嗯，有点上下颠倒！"

比尔在她说完这番话后牢牢抓住了她。他知道她是感觉头晕目眩了，而他可不会让小露西安冒任何风险！这四个孩子他都非常喜欢，不过露西安是他的最爱。

孩子们望着鸟儿在那狭窄的悬崖岩壁上无休无止地来来往往。这是一幅不可思议的景象。杰克透过望远镜看着，对着一些更狭窄的岩层上正在发生的争吵推搡咯咯轻笑。

"就像调皮的孩子，"他说，"在告诉彼此挪一挪，腾一腾地方，要不然我就把你推下去——果然不出所料，有的飞走了。不过没关系，因为它们张开翅膀在空中来了一次优美的滑翔。哎呀，我倒不介意变成一只海鸟——可以沿着海岸昂首阔步，在海面上漂浮游动或下潜捉鱼，又或者在强风中滑翔数英里。我真的不介意——"

"那是什么？"菲利普突然说道，他听到了一个不是由海鸟们发出来的声音，"听！一架飞机，绝对的！"

大家都在听着，对着如洗的碧空极目远眺。接着，远远地，

他们看见了一个小点，稳稳地在空中移动着，还听到了引擎发出的隆隆声。

"一架飞机！居然会飞到这里来！"比尔说，"唔——这可是在这里我最没料到会看到的东西了！"

第9章
为海鹦之岛欢呼！

比尔看起来是如此惊讶，孩子们都盯着他看。就算靠近这些荒无人烟的鸟岛，看到一架飞机也不应当很令人惊讶吧？

比尔拿过杰克的望远镜眺望起来，但是为时已晚。

"我在想那究竟是一架水上飞机还是一架普通飞机，"他半是自言自语地说道，"太奇怪了。"

"为什么奇怪呢？"黛娜问道，"飞机现在到处都是。"

比尔没有再多说什么。他把望远镜还给了杰克。"我想我们最好先吃一顿饭，然后把帐篷支起来，"他说，"把它们支在我们过来路上看见的那条小溪旁边怎么样？离岸边大概四分之一英里。如果我们齐心协力的话，把所有的东西都搬过来也不会太远。"

帐篷支起来了。防潮垫被放下来，毯子裹在身上。然后，坐在一个缓坡上，眺望着蓝色的大海，他们五个人美美地吃了一顿。"我一直觉得，"露西安一边大嚼着两块中间夹着黄油和奶油干酪的饼干，一边开口说道，"我一直觉得……"

"你不用继续说了，"杰克说道，"我们知道你想说什么，而

且我们完全同意你的看法。"

"你不知道我想说什么。"露西安愤愤地说。

"我们知道，"菲利普说，"每个假期我们在户外吃饭时你都会这么说。"

"你想说，'我一直觉得在户外吃饭时食物的味道尝起来要好得多'，"黛娜说，"对吧？"

"好吧，没错，"露西安说，"我真的一直这么说吗？不管怎样，这千真万确。我真的觉得……"

"好了，我们知道，"杰克说，"你真是个可怕的复读机，露西安。你一遍又一遍告诉我们同样的事情。别担心，我们跟你想的一样，虽然我们不会一直这么说。琪琪，把你的胖鸟嘴从奶油干酪里拿出来！"

"琪琪真顽劣，"黛娜说，"她真的太顽劣了。她已经偷了三块饼干了。我觉得你没给够她葵花子，杰克。"

"天啊，我倒希望是那样！"杰克说，"当眼前有这么一顿盛宴时，她连看都不会看一眼葵花子的。话说回来，菲利普，你的老鼠们倒是爱吃葵花子。我刚才还在我的口袋里发现了吱吱，正在飞快地啃着一颗呢。"

"我希望那不会让它生病。"菲利普担忧地说道，"喂，快看！——来了一只海鸥——这么温顺。我觉得它也想要一块饼干。"

的确如此。这只海鸥一直在看琪琪啄食享受着一块饼干，它不明白为什么自己不能也分一杯羹。琪琪用眼角余光瞥见了这只海鸥，于是悄悄侧身走开了。那只海鸥猛扑过去，抢到饼干之后飞到了空中，发出了很大的笑声："咿——噢，咿——噢，咿——噢！"

琪琪愤怒地飞了上去，冲着那只海鸥大喊大叫着些乱七八糟的话。这些话原本是非常粗鲁无礼的，不幸的是那只海鸥根本听不懂。琪琪追不上那只翅膀强壮的鸟儿，只好沮丧地飞回了孩子们身边。

"你没什么好抱怨的，琪琪，"杰克说，"你不应该从罐子里把饼干偷出来——而那只海鸥不应该从你那儿偷走它。你们俩半斤八两。"

"真可惜，真可惜！"琪琪说着，又悄悄溜近了饼干罐。

"这鸟可是真爱胡闹。"比尔边说边拍掉了自己套衫上的面包屑，"现在，谁想跟我一起回船上去听收音机里的新闻？另外我还得发送一些消息——尤其得给你妈妈发一份，菲利普，她肯定想知道我们是不是已经安全到达了。"

大家都想散散步，于是他们一起穿过开满海石竹花的柔软草丛走了回去。鲜艳的粉色小花在风中轻轻地点着头。

他们看着比尔抽出那小小的天线，摆弄着设备。它既是发报机也是接收器。

"我想既然你每晚都会给家里发送信息的话，我们应该就不需要给艾丽阿姨寄信了吧。"露西安说。

大家哈哈大笑起来。"请问，你打算从哪里寄信呢？"杰克问道，"我可没在任何地方看到邮筒。露西安，你真是个小

傻瓜。"

"没错，我就是！"露西安说着，涨红了脸，"我们当然没法在这里寄送任何东西！多亏你能发送信息，比尔！这样如果我们中有任何人需要救助的话，你就有办法了。"

"说得没错，"比尔说，"不过我希望如果你们有谁需要救助的话，我能迅速驾驶汽艇把人送走。再说如果我没带着发报机，不能每晚发送消息的话，我也不会同意带着你们来这么一个荒无人烟的地方。我把消息发给总部，然后他们会打电话告知你们的阿姨。这样她就可以每晚得知我们的行程了。"

他们看了一会儿，接着又听了一段节目。露西安打了个哈欠，琪琪跟着模仿起了她。"呼！你让我觉得想睡觉了。"黛娜说着，揉了揉眼睛，"看，天快黑了！"

于是他们回到了帐篷，马上把自己裹进了毯子里。鸟儿们在悬崖上和海面上一直不断地鸣叫着。"我敢说它们一整晚都不睡觉。"黛娜想。但其实并非如此。当夜幕最终降临的时候，它们也睡着了。

第二天天气非常暖和。"看来迟早要起一场暴风雨。"比尔说着，眯起眼睛望向明亮的天空，"我觉得我们今天最好试着找到我们的大本营，这样如果真的来暴风雨了，我们也有地方可以遮挡。这样的假期想要好好度过就得需要好天气——一场暴风雨可不会令人愉快，尤其是只有帐篷可睡的时候——我们会被吹散架的。"

"我想去拍些悬崖和鸟儿的照片，"杰克说，"我可以在你们收帐篷的时候去拍，如果你们不介意我不来帮忙的话。"

于是他跟琪琪离开，向着陡峭的悬崖走过去。比尔在他身后喊着让他不要试图爬下悬崖，他大声回应说自己不会的。

很快，所有的东西都收拾好放在汽艇上了，而汽艇刚好趁着涨潮漂浮了起来，他们就耐心地等着杰克。很快，杰克出现了，他的望远镜和相机挂在脖子上，满脸欣喜。

"我拍到了很棒的照片，"他说，"琪琪可真是帮了我的大忙。我让她上上下下来回表演，这样所有的鸟儿全都惊讶地静止不动，只是望着她——然后，咔嚓！我漂亮地拍下了它们。我应该拍到了几张很棒的照片。"

"太好了！"比尔说，冲着这热情洋溢的男孩微笑着，"你可以出版一本鸟类摄影的书了，《惊世杰作》，杰克·特伦特著，定价三十先令。"

"我求之不得，"杰克说，他的脸闪闪发光，"我不是说那三十先令——而是说出一本我署名的关于鸟儿的书。"

"快上来吧。"菲利普急切地说道，因为杰克还站在汽艇外面呢，"我们想要出发了。这天气实在太暖和了，我巴望着赶紧再出海，去感受汽艇上下起伏时微风吹在我脸上的感觉呢。"

很快，他们就感受到了那微风，并且对此很是高兴。这天气对五月来说的确太热了些。汽艇轻快地在水面上掠过，骑在浪尖上时轻微地摇摆着。露西安再次把手指伸进水中拖曳着——美好又凉爽！

"我想要去游泳。"菲利普说，他的鼻子周围沁出了小小的

汗珠，"我们能从船上下去游泳吗，比尔？"

"等我们到了另一座岛再说吧，"比尔说，"我不是很想把汽艇停在海上，尤其是还有一场即将到来的暴风雨。这儿实在是太热了，我估计肯定还会打雷。我急着在那之前找个地方避雨。现在——这里有更多的岛屿出现在海面上了。让我们看看是不是能找到一座海鹦岛。那正是你们想要的，不是吗？"

还在水中晃着手的露西安，突然感觉什么东西轻轻地碰到了她。她惊讶地向下看，马上缩回了自己的手，害怕那会是一只水母。

令她诧异的是，她看到了一片橘子皮，随着波浪起伏远去。她冲比尔喊起来。

"比尔，快看——那儿有一片橘子皮。这世上到底有谁会在这些荒无人烟的小岛上吃橘子啊？你觉得附近会不会还有其他的鸟类爱好者？"

大家瞧着那一片小小的橘子皮迅速地随波漂走。它看起来确实不应该出现在这里。比尔牢牢地盯着它。他感到困惑不解。如果真有渔民也来了他们所在的这片小岛，也不太可能会带着橘子啊。至于博物学家，当然也不会费心随身装着橘子。

那么那片橘子皮到底是怎么来到这里的？他们周围并没有出现任何船只。这是一片荒凉偏僻的海域，一场暴风雨会突然而至、强风会掀起滔天巨浪的地方。

"这真问倒我了！"比尔最后说，"接下来我该等着看会不会有菠萝或者什么东西了！现在看看！——这儿有个小岛——相当平缓——很可能有海鹦在上面。我们要不要过去？"

"不——稍微绕一圈，"杰克请求道，"让我们看一看这里的几个岛屿吧。这周围的这样的岛屿相当多呢。"

他们绕了一圈，先看看这个岛，又看看那个岛。他们来到一个东面有着陡峭悬崖的岛屿，接着又跑到了一个类似峡谷的地方，然后再次爬上悬崖。

杰克把望远镜举到眼前，兴奋地大喊起来。"海鹦！很多很多海鹦！你能看到它们吗，菲利普？我打赌这座岛上一定全是它们的洞穴。我们在这儿登陆吧，比尔。悬崖上会有成群的鸟，而陆地上会有成百上千的海鹦。这是个相当大的岛呢。我们很可能在这儿找到不错的容身之所，还有淡水。悬崖可以同时从东西两面保护我们。噢耶，海鹦之岛！"

"不错。"比尔说。他环顾四周，将汽艇引航到了这座岛屿。不远处还有许多其他岛屿，但是就他目之所及，只有鸟儿栖息在上面。大海被岛屿劈成了两半，荡起小小的波浪。

汽艇绕着海鹦之岛航行，菲利普大喊了一声。"那儿有个很好的地方可以把汽艇开进去，比尔——瞧，就是那条通过悬崖裂缝的水道！那里应该会很深，我们可以直接把汽艇拴在一块礁石上。我们把汽艇碰垫拿出来，这样的话汽艇就不会撞到礁石边上了。"

汽艇驶进了水道。就像菲利普说的，那里的水很深——这就是一个天然的小小港口。那儿有一块礁石的突起正好让他们登陆。还有比这更好的事情吗？为海鹦之岛欢呼！

第10章
小小的探索

"这难道不是个绝妙的地方吗?"当汽艇平缓地滑行进那小小的水道时,杰克说道。这里的空间刚刚好容纳下他们的汽艇,"这可能是专门为'幸运星'号打造的船库。"

比尔跳到了那块礁石的突起处,那儿正好可以当栈桥。岩石峭壁耸立在他们两侧。成群结队的鸟儿栖身在岩壁上,不断有鸟蛋被粗心大意的鸟儿撞到而掉下来。一个鸟蛋在比尔身边摔碎,黄色的蛋黄飞溅到了他的脚上。

"好球!"他冲着盘旋的鸟儿叫道,孩子们哈哈大笑。

他们将缆绳就近缠绕在一块岩石上好把汽艇系紧。汽艇随着海浪在水道中起落,艇身轻轻地上下晃动。

"开始涨潮了。"比尔说,"等到退潮时这水道里依旧会有不少水。那时候汽艇看起来会下降很多。现在——从这儿有没有路可以上到悬崖去?咱们可不希望还得从岩壁上走下去,然后翻过上百块石头再爬上悬崖才能上到岛上去。"

他们环顾了一下四周。杰克跑上岩壁,然后转过身大声喊道:"嘿!我想我们可以到这上边来。这里有岩层,就像粗糙的台阶一样，一直向上通往悬崖——再往上一点有个裂口。我们应该可以正好能爬出去就直接到岛上啦。"

"好，你们四个先去探探路吧，"比尔说，"我最好先留在汽艇旁边，确保它不会撞在这些礁石上。你们去这岛上四处看看能不能在哪里找到一个有遮挡的小海湾，好让我能把汽艇开过去。"

孩子们离开了汽艇，跟在杰克后面。琪琪在前面飞着，发出像海鸥一样的叫声。杰克爬上了岩壁。它们看起来几乎像巨大的阶梯一样，由无情的大海长年累月粗粗砍削而成。

正如杰克所说，悬崖那里恰好有个深深的裂口，孩子们发现他们可以钻过去，出来走到另一边盛开着海石竹花的草地上。他们得稍微爬上去一点，等他们登上崖峰时已经气喘吁吁了——不过这很值得。

大海围绕着这座岛铺展成一片明亮的蔚蓝色。天空看起来深邃高远。其他小岛在远方的蔚蓝之中若隐若现。看起来这是一个真正的岛群——而他们所在的岛屿就处于中心。

突然，杰克大喊了一声把所有的人都吓了一跳："海鹦！看啊！成百上千的海鹦！"

孩子们望向杰克指着的地方，而那里，在海石竹花与帚石楠丛之中，是他们所见过的样子最奇特的鸟儿。

它们穿着黑白相间的"衣服"，腿是橘色的——不过吸引住孩子们注意力的是它们那奇特的鸟喙。

"快看它们的嘴巴！"黛娜边叫边笑，"底下是蓝色的——然

它们穿着黑白相间的『衣服』，腿是橘色的——不过吸引住孩子们注意力的是它们那奇特的鸟喙。

后是红黄相间的条纹！"

"那鸟嘴可真大啊！"露西安叫道，"它们有点让我想起了琪琪的嘴巴。"

"海鹦也叫作海鹦鹉。"杰克回答，愉快地看着这群样子肃穆的海鹦。

"它们的眼睛太好笑了，"菲利普说，"它们就那么呆头呆脑地盯着我们看！快看它们走路的样子——那么直挺挺的！"

看着这群海鹦就像看一场哑剧那么有趣。这儿有成千上万的鸟儿。有些鸟儿闲立着，守望着，它们有着深红色眼圈的眼睛严肃地盯着自己的邻居们。有些鸟儿踱来踱去，像个水手似的从一边晃到另一边。还有些鸟儿像一架架小飞机一样起飞，迫切地冲向大海。

"看啊！——那只在干吗？"露西安问道。那只海鹦正开始起劲地刨着地，把土纷纷扬扬地撒向身后。

"它正在挖洞呢，我觉得。"黛娜说，"它们在地下筑巢，对吗，杰克？"

"当然喽！我打赌这整座岛下面几乎都被挖成了它们的洞和巢穴。"杰克说着，向前走向那群忙忙碌碌的鸟儿，"快来啊——让我们离它们更近些。琪琪，你待在我的肩膀上不准动。我可不会让你冲它们发出像火车头一样的尖啸声，把它们全给吓跑。"

琪琪对这些滑稽的海鹦感兴趣极了。她惟妙惟肖地模仿起了它们的叫声。"啊噢噢噢噢噢！"它们用一种低沉的喉音叫道，

"啊噢噢噢噢噢噢噢！"

"啊噢噢噢噢噢噢！"琪琪马上回应道，于是各种各样的鸟儿疑惑地抬头看向她。

令孩子们欣喜万分的是，海鹦们一点儿也不怕他们。甚至当孩子们靠近时它们都没有走开。它们就这么任由他们走在中间，除去菲利普因为绊倒差点压在一只海鹦身上而让它试图去啄他的腿之外，没有其他任何一只企图用它们的大嘴去攻击他们。

"太可爱了！"露西安说道，站在那儿注视着这些奇特的鸟儿，"真是可爱！我从没想到鸟儿可以这么温驯。"

"它们并不是真的温驯，"杰克说，"它们是野生的，不过因为它们几乎没接触过人类所以才完全不害怕我们。"

这些海鹦都待在开满鲜艳的海石竹花的草地上。当孩子们走过去时，他们的脚有时会恰好陷进土里。那些巢穴正好就在下面，而他们的重量使得泥土陷了下去。

"这儿绝对被挖成它们的巢穴了，"菲利普说，"要我说——这里的气味可不太好闻，对吧？"

的确不怎么好闻。虽然他们很快就适应了，但是他们依旧不喜欢这气味。"呸！"露西安说着，皱起了她的鼻子，"越来越难闻了。我投票给不把我们的帐篷搭在太靠近这群海鹦的地方——简直就跟靠近猪圈一样糟糕。"

"我倒是不介意，"杰克说，"嘿，到这边来，琪琪！"

但是琪琪已经飞下去交朋友去了。那些海鹦严肃地定定地望着她。

"啊噢噢噢噢噢！"琪琪礼貌地叫道，"啊噢噢噢噢噢噢噢！天佑吾王！"

"啊噢噢噢噢噢！"一只海鹦回应道，接着走向了琪琪，像个小小的水手似的从一边踱到另一边。它们俩互相看着对方。

"我估计琪琪马上就会打招呼说'你好吗'，"黛娜一边说一边轻笑起来，"他们俩看起来都好有礼貌。"

"波莉把水壶烧上。"琪琪说道。

"啊噢噢噢噢噢！"那只海鹦叫道，然后摇摇摆摆地走向了自己的洞。琪琪跟在后面——但是显然洞里面还有另一只海鹦，而它并不想要琪琪来做伴，所以，琪琪很快就发出了一阵痛苦的尖叫声，然后以比她钻进洞里时快得多的速度冲了出来。

她飞到杰克的肩膀上："可怜的琪琪，真可惜，真可惜，真可惜！"

"唔，你不应该到处多管闲事的。"杰克说着，然后往前迈了一步。他踩到了一丛海石竹花上，接着马上陷了下去，他发觉自己的腿陷进了一个相当深的洞穴里。不管是谁住在这个洞穴里，看来一点都不喜欢他的腿，他被恶狠狠地拧了一下。

"哎哟！"杰克说着，突然坐了下来，揉着自己的腿，"瞧瞧这个——差点把我的小腿咬下一块肉来！"

他们继续穿过这不可思议的海鹦栖息地。地上有海鹦，空中有海鹦——海里也有海鹦！"啊噢噢噢噢噢！啊噢噢噢噢噢！啊噢噢噢噢噢！"到处都能听到它们低沉的叫声。

"我应该能拍到不少特别棒的照片。"杰克开心地说道，"可惜现在想看小海鹦还太早了些。我估计也不会有很多海鹦蛋。"

这些海鹦主要栖息在两座高耸的悬崖之间的绿色山谷里。菲利普四下环顾着想看看能不能找到一个可以搭帐篷的好地方。

"我想大家都愿意把海鹦之岛当作我们的大本营了?"他问道,"我猜现在没什么东西能把杰克从这里拽走了。他在这儿有海鸠和塘鹅筑巢的悬崖,还有海鹦居住的山谷——所以我想他应该开心得很了。"

"噢,没错,"杰克说,"我们就待在这儿。这将是我们的岛了——我们可以跟海鹦们共享这座岛屿。"

"好吧,我们得找个合适的地方来搭帐篷。"菲利普说,"然后把我们的食物和装备都运过来扎营。我们最好能找个有小溪的地方……如果这座岛上有一条小溪的话。我们肯定会需要饮水。我们还得找个能停汽艇的小港湾。把它留在那条狭窄的水道里可不太好。"

"看啊——那下面有个很不错的小港湾!"黛娜突然说道,指着大海的方向,"我们可以在那儿游泳——汽艇放在那里也不会有问题。咱们去告诉比尔吧!"

"我去吧,"菲利普说,"我看得出来杰克还想再看一会儿海鹦。我会跟比尔一起把汽艇开到这个小港湾里来,你们两个女孩可以去找个搭帐篷的好地方。然后我们可以一起帮忙把东西从汽艇那边搬到这里来。"

他快速跑开去找比尔告诉他哪里可以泊船了。杰克坐下来和琪琪一起看着海鹦们。女孩们去找可以搭帐篷过夜的好地

方了。

她们在岛上漫步。在海鹦栖息地之外，就在它的尽头，在他们来到小岛另一边的悬崖之前，是一片小小的山谷。几棵矮小的桦树生长在那里，还有成排的寻石楠。

"就是这里了。"黛娜满意地说，"我们可以把帐篷搭在这里，避开最糟糕的风，看着海鹦，愿意的时候就下去游泳，当我们厌倦的时候，还可以去其他岛屿上游览。"

"完美的生活，"露西安笑着说，"现在——这附近有饮用水吗？"

这座岛上根本就没有溪水——不过黛娜发现了也许能起到同样作用的东西。起码，她希望如此。

"看这儿！"她向露西安喊道，"这儿有块大石头，中间有个洞，里面盛满了水。我尝过了，水不是咸的。"

露西安过来了，杰克跟在后面。黛娜把手浸进去，掬起来一捧水喝掉了。水是如此的甘甜纯净。

"是雨水，"黛娜满意地说道，"现在我们可以安心了——只要它别在这炎热的天气里干涸。来吧——让我们回到汽艇那边去，把所有我们需要的东西搬过来。我们现在得干点儿脏活儿累活儿了。"

"我们在这里等一会儿，"杰克说着，跟琪琪一起走过来，"我估计比尔和菲利普会把汽艇开到那边的小港湾去——我们可以过去告诉他们，我们已经找到了一个好地方，接着帮忙把东西搬过来。"

没过多久比尔和菲利普就把汽艇开进了那个小港湾。比尔跳出来，把汽艇锚抛到岸上埋了起来。他看到了杰克和女孩们，就冲他们挥了挥手。

"我们刚来！"他喊道，"你们找到搭帐篷的地方了吗？"

他和菲利普很快就和其他人会合了，对那个小山谷也很满意。"刚刚好！"比尔说，"来吧，让我们现在马上把需要的所有东西从汽艇上搬过来吧。"

于是，他们花了不少时间在小港湾处来来回回，装卸东西。不过耗费的时间并没有他们担心的那么多，因为他们有五个人一起干活，就连琪琪也伸手——或者说伸嘴帮了一把——搬运帐篷桩。她这样做吸引了那些在一旁瞧着的海鹦，它们在她飞过去时认真地盯着看，那个桩子衔在她大大的弯曲的鸟嘴里。

"啊噢噢噢噢噢噢！"她用海鹦的声音叫道。

"你在卖弄，琪琪，"杰克严厉地说道，"你真是只骄傲自大的鸟儿。"

"啊噢噢噢噢噢！"琪琪叫着，把那根桩子扔在了杰克的脑袋上。

安顿他们的新家是件开心的事。男孩们和比尔睡一顶帐篷，而两个女孩睡在另一顶帐篷里。露西安在帐篷后面找到了一块突出的岩石，在它下面是一片面积非常大的干燥的空地。

"这里正好可以储存所有的东西。"露西安骄傲地说道，"杰克，把罐头搬到这里来——还有换洗的衣服——这里的空间可以放下一大堆东西。噢，我们在这儿一定会过得很开心！"

第11章
呼呼和噗噗

"我们是不是到该吃饭的时间了？"杰克抱怨道，怀里抱着一大堆东西摇摇晃晃地走过来，"光是读到'午餐肉'和'绝佳罐头桃子'这些字，还有看到那块奶油巧克力就已经让我流口水了。"

比尔看了看表又瞄了瞄太阳。"哎呀——真的到饭点了！太阳都开始落山了！时间过得可真快啊！"

没过多久他们都悠闲地坐在海石竹花和帚石楠丛中，大口嚼着饼干和肉罐头，期待着等会儿每人一碟罐头桃子。比尔从船上拿来了姜汁啤酒，比起烧水泡茶或者煮热可可，它们可受欢迎得多。毕竟现在的确太暖和了。

"我觉得好开心。"露西安说着，越过小岛望着不远处深蓝色的大海，"我觉得自己离整个世界都非常非常遥远——老实说，此时此刻我都几乎很难相信世上还有像上学这样的事情。这个肉罐头真是人间美味。"

菲利普的小白老鼠们也是这样想的。它们一闻到食物就立刻从他的衣服里钻了出来。一只优雅地直起上半身坐在他的膝盖上，小口地啃着东西。另一只叼着一小块食物钻进了黑黑的口袋里。而第三只趴在菲利普的肩膀上。

"你把我的耳垂弄得好痒。"菲利普说道。黛娜尽可能挪得离他远远的，不过，就跟露西安一样，她现在也开心到不会计较任何事情。

大家都狼吞虎咽，比尔也不例外。他们的眼睛凝望着夕阳还有那金光闪闪的大海，海面正逐渐褪去蓝色，染上落日的颜色。露西安偷看了比尔一眼。

"你喜欢从世界上消失的感觉吗，比尔？"她问道，"你不觉得这很有趣吗？"

"唔——如果只有两个星期的话，那么是的，"比尔说，"但是一旦你们走了，我并不期待独自一人生活在这些荒凉的小岛上。这并不是我的兴趣所在。比起跟这些海鹦在一起，我宁愿过危险刺激的生活。"

"可怜的比尔。"黛娜说道，想着他被一个人留下，只有书可读，广播可听，然而没有人可以说话。

"我可以把我的小老鼠留给你，如果你愿意的话。"菲利普慷慨地提议道。

"不了，谢谢，"比尔立刻说，"我可知道你的老鼠！它们会生无数的小老鼠，等我离开的时候这儿就不是海鹦之岛而是老鼠之岛了。再说，我并不像你一样那么喜爱小老鼠大老鼠家族。"

"噢，看呀，快看！"黛娜突然说道。大家都看了过去。一

只海鹦离开了它在附近的巢穴，庄严地向他们走过来，一摇一摆地，就像所有海鹦走路时那样。黛娜说："它想过来吃晚餐！"

"那么唱首歌吧，海鹦，唱首歌吧！"杰克指挥道，"为了你的晚餐唱首歌吧！"

"啊噢噢噢噢噢噢噢！"这只海鹦低沉地叫道。所有的人都笑起来。海鹦径直走向了菲利普。它紧挨着男孩的膝盖，一动不动地望着他。

"菲利普的魔咒又起作用了。"露西安羡慕地说，"菲利普，是什么让所有的鸟兽都想跟你交朋友呢？看看这只海鹦——就这么傻傻地对着你。"

"不知道啊。"菲利普说道，对他奇特的新朋友很是满意。他温柔地轻抚着这只鸟儿的脑袋，而海鹦发出了一声小小的"啊噢噢噢噢噢"的声音以示满足。接着菲利普给了它一小块罐头肉做的三明治，这鸟儿马上把它抛起来吃掉了，又转过身来索要更多。

"我猜这下你要被一只忠心耿耿的海鹦紧跟不放了，"黛娜说，"唔，无论如何，一只海鹦可比三只小老鼠好多了——或者大老鼠——或者你养过的满身跳蚤的可怕刺猬——或者那对鹿角虫——又或者……"

"饶了我们吧，黛娜，饶了我们吧，"比尔恳求道，"我们都知道菲利普是个会走路的动物园了。就我而言，如果他喜欢傻乎乎的海鹦，就让他养一只吧。我一点儿也不介意。可惜我们没带项圈和牵引绳来。"

那只海鹦又叫了一声"啊噢噢噢噢"，声音稍微大了一些，然后就走开了。此时此刻，它鲜艳的嘴巴在落日余晖中闪闪发光。

"好吧，你可没在我们这儿做客太久，老伙计。"菲利普挺失望地说道。那只海鹦消失在了它的洞穴里——但是随即又跟另一只海鹦一起再次露面了，一只更小一些的海鹦，有着更为鲜艳的嘴巴。

"一对恩爱夫妻！"杰克说。两只鸟儿肩并肩摇摇摆摆地走向菲利普。孩子们兴致勃勃地看着它们。

"我们应该叫它们什么好？"黛娜说，"如果它们要加入我们的小团体的话，总得有个名字才好。滑稽的小海鹦！"

"呼呼噗噗，呼呼噗噗，"琪琪突然间记起了这些词儿，插嘴道，"呼呼……"

"是的，没错——呼呼和噗噗！"露西安开心地叫起来，"聪明的老伙计，琪琪！从我们开始度假时你就一直在说呼呼噗噗——而它们现在就在这里，呼呼和噗噗，千真万确！"

大家都笑起来。呼呼和噗噗看起来的确是非常适合这两只鸟儿的可爱名字。它们走近菲利普，然后令他惊喜不已地靠着他安心地蹲伏下来。

但琪琪可不怎么高兴。她把头偏向一边，用眼睛盯着它们。呼呼和噗噗则用有着深红色眼圈的眼睛瞪了回去。琪琪扭头看向别处，打了个哈欠。

"它们瞪得琪琪无法招架了！"杰克说，"这可是很难做

087

到的！"

三只小老鼠谨慎地决定最好还是跟呼呼和噗噗尽可能地保持距离。它们围坐在菲利普的脖子上，注视着这两只鸟儿。呼呼动了一下，它们就迅速钻进了男孩的上衣里。

比尔伸了个懒腰。"唔，我不知道你们怎么样——不过我可是累了，"他说，"太阳已经沉到西边去了。让我们收拾一下，然后上床睡觉吧。明天会是美好的一天，游泳、晒太阳、观鸟。我现在已经习惯它们没有止境的合唱声了。一开始我差点被震聋。"

女孩们把东西收拾干净。露西安将一只碗伸进那干净的水池里蘸了一下，然后把它拿出来清洗。"我们不能在那个水池里洗澡，对吧，比尔？"她认真地问道。

"老天爷，当然不！"比尔说，"否则等男孩们洗完澡出来水就会完全变成黑色的了！我们只把它留着当饮用水，或者当我们需要烧水和清洗时再从里面取水。"

"我觉得我现在就得去泡一泡了，"杰克说着，站起身来，"哦，不，不是在那个石头水池里，露西安，所以别这么不高兴的样子——我是要去那个停船的小港湾。一起来吗，菲利普？"

"好啊。"菲利普说道，把呼呼和噗噗从他的膝盖上推开，"挪一挪，你们俩！我可没打算在这儿生根！"

"我也去。"比尔说着，磕了磕刚才一直在抽的烟斗，"我觉得身上挺脏的。你们女孩想要来吗？"

"不了，"露西安说，"我要去帐篷里把毯子还有其他东西给准备好。"

黛娜也不想去，因为她觉得非常疲惫。麻疹的确让这两个女孩有些精疲力竭。当其他人出发去小港湾游泳时，她们就留了下来。这个小山谷刚好倾斜着面向大海，而那片小小的沙滩和港湾非常适合游泳。男孩们和比尔把自己的衣服一扔就一头扎进了海里。海水的感觉真是又美好又温暖，如同丝绸一样轻缓地拂过他们的四肢。

"真好啊！"比尔说着，开始追逐两个男孩。伴随着笑声、尖叫声和泼水声，他们躲避着他。如此巨大的喧闹声吓得一路严肃地陪着菲利普的呼呼和噗噗半走半飞地往沙滩上退了一点。它们目不转睛又若有所思地盯着男孩们。菲利普看着它们十分高兴。以前肯定从来没人能有两只海鹦当宠物！

正当女孩们熟练地在两顶帐篷里铺着防潮垫和毯子之时，黛娜突然停了下来，侧耳倾听着。露西安也跟着听起来。

"是什么？"她轻声问道——然后她自己也听到了那个声音。又是一架飞机，肯定没错！

女孩们走出帐篷，放眼望向天空，试图找到声音的位置。"那边！——就在那边，快看！"露西安激动地喊道，指着西边，"你看不到它吗？噢，黛娜——它在干什么？"

黛娜看不到那架飞机。她试了又试，还是看不到那个空中的小黑点儿，也就是飞机飞行的位置。

"有什么东西从上面掉下来了，"露西安说，使劲瞪着眼睛，"噢，男孩们的望远镜在哪儿？快去拿来，黛娜！"

黛娜找不到望远镜。露西安站在那儿望着天空，她的眼睛眯了起来。

"有什么东西从上面慢慢落下来了，"她说，"什么白色的东西。我看到了。那会是什么呢？但愿那飞机没有碰上了什么麻烦。"

"比尔会知道的，"黛娜说，"希望他和男孩们也看到了它。也许他们带着望远镜呢，我到处都找不到它们。"

很快，她们既看不到那架飞机，也听不到飞机发出的声音了，于是，两个女孩回去继续她们的工作。成堆的毯子让帐篷看起来非常舒适。这是个如此炎热的夜晚，所以黛娜把帐篷门帘掀起来固定住，好透透气。

"暴风雨似乎还没有来，"她说着，望向西边的天空，想看看那边是否有大团云朵聚集，"但是感觉好像要打雷似的。"

"他们回来了。"露西安说，她看到杰克、菲利普和比尔正从岸边上来，"呼呼和噗噗还跟着他们呢！噢，黛娜——如果我们有两只宠物海鹦的话不是太有趣了吗？"

"我倒是不介意海鹦，"黛娜说，"但是我不能忍受那些老鼠。嘿，比尔！你们听到那架飞机了吗？"

"我的老天，没有啊！有一架飞机？"比尔饶有兴趣地反问，"在哪儿？为什么我们没听到？"

"我们闹得太凶了，"杰克说着，咧嘴而笑，"就算有一百架飞机估计我们也听不到。"

"它很有意思，"露西安对比尔说，"我望着那架飞机时，看到有什么东西从上面掉下来了。什么白色的东西。"

比尔凝神皱起了眉头。"是降落伞吗?"他说,"你看到了吗?"

"没。它离得实在太远了。"露西安说,"有可能是降落伞——也有可能是一股烟——我不清楚。但是看起来的确像是什么东西慢慢地从飞机上落下来了。为什么你看起来这么严肃,比尔?"

"因为——我有一种感觉——唔,就是觉得这些飞机有点奇怪,"比尔说,"我想我得去一趟汽艇那儿用无线电发个消息。也许什么事儿都没有——但也有可能会很重要!"

第12章
比尔独自离开了

比尔沿着山谷下去走向汽艇停泊的那个小港湾。他的脚深深地陷进松软的泥土里。孩子们从后面望着他。

露西安看起来很严肃——严肃得就跟呼呼和噗噗一样,它俩正靠着菲利普,笔直地挺立着,巨大的鸟嘴看起来又沉重又笨拙。

"噢,天哪——比尔是什么意思?我们该不会又卷入了一场冒险吧?在这儿,一个除了大海、风还有鸟儿,什么也没有的地方!我想知道究竟会发生什么。"

"唔,比尔不太可能会告诉我们很多,"菲利普说,"所以别用问题去烦他。我准备去睡觉了。呵!现在有点冷了。我要那一大堆毯子!呼呼和噗噗,你俩最好待在外面过夜。这顶帐篷里可没有足够的空间能让你们、我们三个人、琪琪还有小老鼠们都挤下。"

呼呼和噗噗相互看了看,接着不约而同地在帐篷外面刨起地来,把泥土抛撒向身后。露西安咯咯笑起来。

"它们要做一个尽可能靠近你的窝呢,菲利普。噢,它们不是太有趣了吗?"

琪琪四处走动着检查这两只海鹦在做什么。结果她全身被浇了个"泥土浴",很是愤愤不平。

"啊噢噢噢噢噢噢!"她咆哮起来,而那两只海鹦也礼貌地表示赞同,"啊噢噢噢噢噢噢噢!"

大约半小时后比尔回来了。孩子们都已经蜷缩在他们的毯子里了,露西安已经睡着了。黛娜叫住了他。

"一切都好吧,比尔?"

"是的。我收到了一条从伦敦来的消息,告诉我你妈妈正如预期的一样好起来,"比尔说,"不过她的麻疹还是挺严重的。好在她不用负责照顾你们!"

"那你自己的消息呢,比尔——关于那架飞机的?"黛娜说,对于比尔对那飞机的极大兴趣很是好奇,"你发出去了吗?"

"是的。"比尔简短地说道,"发出去了。没什么好担心的。晚安,黛娜。"

不到两分钟,所有的人都睡着了。吱吱和它的同伴们看上去就像是菲利普身上鼓起来的包。琪琪坐在杰克的肚子上,尽管他已经把她推下去好几次了。呼呼和噗噗蹲伏在它们新建的坑道里,彩色的大嘴依偎在一起。月亮划过天空时在汹涌不息的水面上留下了一条如银的轨迹,使得一切看起来是那么安宁。

清早的晨曦明亮而美丽,暴风雨似乎不会来了,因为空气中再没有任何凝滞感,反而清新舒爽。孩子们一起床就跑到海边去游泳了。他们跑得实在太快,以至于呼呼和噗噗都跟不上,

只好飞起来。它们俩跟孩子们一起下了水，在水面上忽沉忽浮，看起来相当滑稽。

它们在水下拍着翅膀游动，潜水捉鱼去了。它们的速度非常快，一会儿工夫就用那巨大的鸟嘴衔着鱼浮上了水面。

"给我们一条当早餐怎么样，呼呼？"菲利普边喊边试图从离他最近的那只海鹦嘴巴里拿走一条鱼。但是它牢牢叼住不放——然后囫囵一口吞了下去。

"你应该教教它们为我们捉鱼，"杰克咯咯笑着说，"那样的话我们就有烤鱼当早餐了！嘿，走开，噗噗——那是我的脚，不是鱼！"

吃早餐的时候他们讨论了一下今天的计划。"我们干点儿什么好呢？要不去探索一下整座小岛，然后给它取几个合适的名字吧。我们现在所在的这个小山谷，就叫'沉睡谷'，因为这是我们睡觉的地方。"露西安说道。

"我们游泳的那个海边就叫'飞溅湾'，"黛娜说，"还有我们最开始泊船的那个地方就叫'秘密港'。"

比尔在吃早餐时则一直很沉默。杰克转向他："比尔！你想做什么？你要不要跟我们一起来探索这座小岛？"

"唔，"出乎大家意料地，比尔说道，"如果你们不介意的话，既然你们可以开开心心地去忙自己的事，我打算开着汽艇去巡视一下——就绕着这些岛屿，你们知道的。"

"什么？！不带我们吗？"黛娜吃惊地说，"如果你想这么做的话，请让我们跟你一起去吧。"

"这次我打算自己一个人去，"比尔说，"下次再带你们一起，老朋友。但是今天就我自己去。"

"是不是——是不是有什么事？"杰克问道，觉得事情好像不太对劲，"比尔，发生了什么事吗？"

"据我所知没有，"比尔快活地说道，"我只是想一个人去走走而已，就这样。而且如果我自己在周围稍微探索一下的话，我就知道该带你们去的最好的地方在哪里了，对吧？"

"好吧，比尔，"杰克说道，仍然觉得困惑不解，"你去做自己想做的事吧。即使这是个你得'消失'的假期，毕竟也是你的假期啊！"

于是这天比尔就自己一个人离开了。孩子们听到汽艇出海时发出的噗噗声，显然，它出发去探索周围所有的岛屿了。

"比尔心里有事，"菲利普说，"我敢打赌肯定跟那些飞机有关。我希望他能告诉我们。可是他永远也不会说。"

"我希望他能平安回来，"露西安忧虑地说，"如果被困在这样一个鸟岛上，还没有任何人知道我们的位置，那可真是糟透了。"

"天啊，还真是这样，"杰克说，"我还从来没想过这个。高兴点，露西安——比尔不太可能会遇到危险的。他可足智多谋呢。"

这一天愉快地过去了。孩子们去悬崖那边观赏了成群结队的海鸟。他们坐在海鹦栖息地里，看着这些有着鲜艳大嘴的鸟儿忙着它们的日常事务。露西安在自己鼻子上绑了一条手帕。

她实在忍受不了栖息地散发的气味，其他人则很快就习惯了空气中弥漫的这股浓重的酸味，再说风刮得也很猛烈。

呼呼和噗噗并没有离开。它们或走或跑地跟着孩子们。它们会绕着他们飞，还跟他们一起游泳。琪琪半是嫉妒，半是忌惮于被呼呼色彩缤纷的大嘴狠狠啄过，于是她保持着一个安全距离，说着粗鲁的话来安慰自己。

"擦擦你的鼻涕！我告诉过你多少次了要擦脚？你这坏小子！一直呼呼噗噗。呼呼砰砰！"

孩子们喝过下午茶后就坐在沉睡谷等着比尔回来。太阳开始西沉了。露西安脸色苍白，忧心忡忡。比尔在哪儿？

"他很快就会回来的，别担心。"菲利普说，"我们一会儿就会听见他的汽艇的声音的。"

可是等到太阳都已直直沉入了大海，比尔还是没回来。夜色笼罩了小岛，继续坐着等下去也没有任何意义了。四个忧虑不安的孩子只好进了帐篷，躺下准备睡觉。但是他们中没有一个人能睡着。

最终女孩们去了男孩们的帐篷，坐在那里说着话。然后突然他们听到了一个令人欢欣鼓舞的声音——呜——呜——呜——呜——呜！他们全部立刻一跃而起，冲出了帐篷。

"那是比尔！肯定是！手电筒在哪儿？快下来到小海湾去。"

他们磕磕绊绊地穿过了海鹦栖息地，吵醒了许多生气的鸟儿。他们到达海滩时，比尔刚好走上来。他们欣喜若狂地向他冲过去。

"比尔！亲爱的比尔！你发生什么事了？我们还以为你真的迷路了！"

"噢，比尔——我们绝不会再让你一个人离开了！"

"抱歉，让你们这么担心，"比尔说，"不过我不想在天还亮时回来，以防被飞机发现。我只能一直等到天黑，尽管我知道你们肯定会担心的。不过——我这不回来了。"

"可是，比尔——你打算什么都不告诉我们吗？"黛娜叫道，"为什么你不想在天还亮时回来？谁会看到你？还有为什么这很重要？"

"嗯，这个嘛，"比尔慢慢地说道，"这片偏僻的水域正在发生一些奇怪的事情。我还不太清楚究竟是怎么回事。我想弄明白。尽管今天我绕行了很多岛屿，但我没在任何地方看到过一个人影。我倒不是真的希望能看到人影，毕竟没人会蠢到跑到这里来做一些秘密的事情还会被别人发现的。尽管如此，我原以为自己可能会发现什么蛛丝马迹的。"

"我猜那一小片橘子皮就是除我们之外还有别的什么人也在这里的哪座小岛上的蛛丝马迹了？"露西安回想起了那片轻轻碰到她手指的橘子皮，说道，"但是他们在这里干什么呢？他们肯定没法在这片荒凉的水域做太多事吧——这里除了鸟儿栖息的岛屿什么也没有啊。"

"这正是让我感到疑惑的地方，"比尔说，"肯定不会是走私，因为现在大陆海岸的巡查很严，没有什么东西能逃过他们的眼睛。那么会是什么呢？"

"比尔，你确定没人看见你吗？"黛娜不安地问道，"说不定某个岛上有藏起来的哨兵，你知道的——就是他可能看见了你，而你没看见他。"

"的确，"比尔说，"可是我不得不冒这个险。不过，我不太可能被看到。有人会到这些岛上来，还打扰了什么秘密游戏的进行——这样的风险是微乎其微的。而且我觉得并不会有哨兵藏在什么地方。"

"可是——你还是有可能被看到啊——或者被听到，"黛娜坚持说道，"噢，比尔——你本该完完全全消失的！现在你的敌人可能已经发现你了！"

"他们跟我要躲避的那些敌人不太可能是一伙人，"比尔笑着说，"我想在这儿没有其他人那么远从汽艇上看到我还能认出我来。不管怎么说，他们应该只会以为我是个鸟类观察者，或者喜欢在大海上独处的什么博物学家吧。"

大家对比尔又平安地跟他们在一起感到高兴，很快又各自回到了自己的帐篷。星光从晴朗的夜空中俯照下来。呼呼和噗噗拖着脚步钻回了自己的窝里，对于它们的新家人终于都睡了很是高兴。它们可不怎么赞成夜间出行。

露西安忧虑地躺下来："我能感觉到一场冒险要开始了。马上就要发生了。啊，天哪——我原本还真的以为这是最最不可能发生冒险的地方呢。"

露西安一语成谶。一场冒险已经上路——几乎已经要抵达了。

第13章
晚上发生了什么？

第二天早上一切都看似如常。孩子们已经忘记了前一晚他们经受的担忧恐惧，而比尔也像其他人一样愉快地说笑着。

但他同样在担心——当一架飞机出现并飞越了岛屿两三次时，他们正好在海鹦栖息地的中间，于是比尔赶紧让孩子们躺平。

"我想我们的帐篷应该不会被看到，"他说道，"无论如何，我希望不会。"

"比尔，你不想让任何人知道我们在这儿吗?"杰克问道。

"没错，"比尔简短地说道，"起码不是现在。如果你们听见飞机的声音，就趴下。我们不能生火烧水了。不过我们可以喝姜汁啤酒或者柠檬水。"

这一天挺愉快地过去了。天气又变得非常热，于是孩子们又游了好几次泳，之后躺在太阳底下把身子晒干。琪琪很嫉妒呼呼和噗噗，因为它们能跟着孩子们一起下水。她站在沙滩上，爪子陷在沙子里，高声喊叫着:

"鹦鹉感冒了，快去叫医生! 阿嚏阿嚏!"

"她不是个傻瓜吗?"杰克边说边向她泼水。她气极了，又往

后退了一点："可怜的琪琪！真可惜！可怜可惜！多可怜的琪琪！"

"没错，多可怜的琪琪！"杰克喊道，然后潜到水下去捉比尔的腿。

他们拍了许多照片，呼呼和噗噗优美地摆着姿势，以最郑重的姿态直直地盯着照相机。

"我几乎觉得它们会突然用胳膊搂在一起，"杰克边说边按着相机快门，"谢谢你们，呼呼和噗噗。非常不错！不过下次我希望你们能微笑一下。琪琪，让开——还有把那根帐篷桩放下。你都已经拔出来三根了。"

这天晚上天空覆满了乌云，也看不到太阳。"看来可能很快会有一场暴风雨，"比尔说，"不知道我们的帐篷能不能撑得住。"

"呃，我们也没有别的地方可去啊，"杰克说，"沉睡谷已经是这座岛上能提供最多庇护的地方了。而且，据我所见，这儿也没有洞穴或者类似的地方。"

"说不定这场暴风雨会平息呢。"菲利普说道，"哟，太热了！我觉得我必须得再去游个泳。"

"你今天游了八次了，"黛娜说，"我都数着呢。"

因为阴天，夜色降临得早了一些。孩子们钻进了毯子里，打着哈欠。

"我在想，"比尔边说边看着他的手表的夜光表盘，"我想迅速地去一趟汽艇，用发报机发送一两条信息。我可能还会得到一些消息。你们先去睡吧，我很快就会回来。"

"好的。"男孩们昏昏欲睡地说道。比尔摸出了帐篷。女孩们则早已经睡熟了，压根儿没听见他离开。菲利普几乎在比尔出帐篷之前就睡着了。杰克多撑了几分钟没有马上睡着，还第五次把琪琪从自己肚子上推了下去。

于是她过去站在菲利普的肚子上，等着某个小团靠近她的脚边，她知道那小团就是其中一只被驯服的小老鼠。当有一只真的大着胆子靠过来，在毯子底下拱起来一个小包时，琪琪伸嘴狠狠地啄了一下。菲利普一声大叫，醒了过来。

"琪琪！你这野家伙！杰克，把她带走！她在我肚子上狠狠地啄了一下。如果我能看见她的话我一定要扇她的嘴巴。"

琪琪退到了帐篷外面直到男孩们再次睡着。她飞到了帐篷顶上，清醒地端坐在那里。

与此同时，比尔正在汽艇的船舱里调试着无线电设备。但是由于即将到来的暴风雨，除了电流干扰的声音，什么也听不到。

"真见鬼！"比尔最后说道，"照这样下去我可没法把信息发送出去。我应该把汽艇开到那个小港口去——孩子们叫它什么来着？——秘密港。也许在那儿无线电设备能好用一点——那里封闭性更好些。"

今天晚上使用无线电设备发送信息对于比尔来说至关重要。他发动了汽艇的引擎，很快就踏上了开往秘密港的路。他小心地将汽艇驶进去停靠好。

接着他继续开始调试无线电设备。过了一会儿他觉得自己好像听见了海面上有什么声音——一个越来越接近的声音。比尔关

上了无线电设备，侧耳倾听着，但此时风声响起。除此之外，他再也听不到别的声音。

他再次调整着旋钮，全神贯注地试着收听信息。他已经发出去了一条，现在被告知原地待命，等着总部发布一项重要通知。

无线电设备一会儿嗞嗞，一会儿吱嘎，一会儿咻咻作响。比尔耐心地等待着。这时，突然，一个声音吓了他一跳，他抬起头来，有点希望看到是其中一个男孩下来到了船舱里。

然而不是。那是个长着古怪的歪鼻子、面容刚硬的男人，正向下瞪着他。当比尔转过身露出脸来时，那男人大惊失色地高喊一声：

"你！你在这儿干什么？你知道什么……"

比尔一跃而起——但是与此同时，那男人用手里的一根又粗又长、疙瘩突起的棍子对着他就是一记猛击——可怜的比尔直挺挺地倒了下去。他的头撞到了无线电发报机的边缘，瘫倒在地，双目紧闭。

长着古怪歪鼻子的男人大声吹了声口哨。另一个男人出现在小小的船舱旁边看向了里面。

"看到了吗？"第一个男人边说边指着比尔，"在这儿找到他，可真是个小惊喜，嗯？你觉得他猜到我们的事情了吗？"

"如果他在这儿出现的话，那肯定是猜到了。"第二个男人说道，他那张异常冷酷的嘴隐藏在浓密的短胡子下面，"把他绑起来。他还有利用价值。我们会让他开口的。"

比尔像一只待烤的鸡一样被捆了起来。他依旧闭着眼睛。两个男人把他扛了出去，将他带到了一艘小船上，那艘船就停在"幸运星"号旁边。那是一艘划艇。可怜的比尔被扔进了里面，接着那两个男人解开了船的缆绳，准备划回他们自己的汽艇去，那艘汽艇就悄无声息地停在离小岛不远的地方。

"你觉得还有其他人跟他在一起吗？"长着歪鼻子的男人问道，"船上除了他倒是没有别的人。"

"没有。他的船昨天被发现时，我们看到船上只有一个人——就是他没错，"留着胡子的男人说，"如果还有其他人的话我们应该会看见他们的。他就一个人。哈！他还不知道昨晚自己一路回到这里一直被人监视着呢。"

"我也觉得这里的确没有其他人了，"第一个男人说道，看起来很不情愿离开，"为了以防万一，我们把船砸烂了再走不好吗？"

"好吧——还有那个无线电设备也得砸烂。"留胡子的男人说。他找到了一把锤子，然后很快就响起了汽艇的引擎被砸烂的声音，那台漂亮的无线电设备也被砸了个粉碎。

接着两个男人带着昏迷不醒的比尔，坐着他们的划艇动身了。他们到达了自己的汽艇旁边，很快，汽艇引擎发出的噗噗声就在夜色中渐行渐远。然而除了琪琪和那些海鸟，谁也没有听到。

孩子们完全不知道这天夜里比尔并没有回来。他们一直安然地沉睡着，做着有呼呼和噗噗，还有大大的海浪和金色的沙滩的梦。

杰克第一个醒过来。琪琪在轻咬着他的耳朵。"走开，琪琪！"杰克说着，推开鹦鹉，"噢，天哪，呼呼和噗噗也在这儿！"

的确如此。它们摇摇摆摆地走向菲利普，耐心地站在他沉睡的脸庞边。"啊噢噢噢噢噢噢！"呼呼含情脉脉地叫道。

菲利普醒了过来。他看到了呼呼和噗噗，露出了笑容。他坐起身来打了个哈欠。"哈啰，杰克！"他说道，"比尔已经起了？"

"看起来是的，"杰克说，"可能去游泳了吧。不过他可以叫醒我们啊！来吧，让我们去把女孩们叫起来也一起去。"

很快，四个孩子冲向了海边，期待着在水里能见到比尔。但他并不在那儿。

"那么他在哪儿呢？"露西安疑惑地说道，"老天——还有汽艇又去哪儿了？"

是啊——船去哪儿了？这里自然没有一点汽艇的踪迹。孩子们瞪着眼看着海湾，既茫然又惊慌。

"他一定是把汽艇开到秘密港去了，"杰克说，"或许是无线电设备没法正常工作什么的。感觉还是要起暴风雨，所以有可能会有干扰。"

"那我们去秘密港看看吧，"菲利普说，"说不定比尔觉得困了，就挤在船舱里睡着了。"

"他很可能就在那儿，"黛娜说，"还没睡醒呢！咱们去吓唬

他一下吧。我们可以高喊着下到船舱里，然后吓他一跳。这个瞌睡虫！"

"噢，我真的希望他就在那儿。"露西安担忧地说道，就像觉得冷似的打着战。

他们迅速穿好了衣服，因为太阳藏到了阴沉沉的云层后面而哆嗦了一会儿。"我真心希望天气不要变坏，我们才刚刚开始这么美妙的假期呢，"黛娜说道，"噢，呼呼，对不起——可是你正好在我脚下面。我把你撞倒了吗？"

这只海鹦看起来并不介意黛娜踩到了自己身上。它抖了抖自己的翅膀，叫道："啊噢噢噢噢噢！"然后急急忙忙又跟在了想要跟菲利普并驾齐驱的噗噗后面。

他们穿过了海鹦栖息地，来到了那个悬崖的裂缝处。就在那里，在他们下方，躺着那艘汽艇，随着身下的海浪涨落而轻轻摇摆着。

"汽艇在那儿！"黛娜高兴地叫道，"比尔确实把它开到这个港口来了！"

"他不在甲板上，"杰克说，"他一定是在船舱里。快来。"

"让我们喊他一声吧，"露西安突然说道，"就这么做吧。我想知道他是不是在那儿。"

接着，还没等到其他人来得及阻止她，露西安就使劲地喊了起来："比！尔！噢！比！尔！你！在！吗？"

然而比尔并没有从船舱里出来。于是，一丝不安第一次涌上了孩子们的心头。

"比！尔！"杰克突然喊道，把大家都吓了一大跳，"比！尔！快出来！"

船上没有声音。突然之间，四个孩子都感到了惊慌失措，立刻跌跌撞撞地从岩壁下来冲到了船上。他们跳到了甲板上，往那间小小的船舱里窥视着。

"他不在这儿，"黛娜恐惧地说道，"那么，他到底在哪儿？"

"他一定就在附近，因为汽艇还在这儿。"杰克理智地说道，"他很快就会出现的。也许他去这岛上什么地方探查了。"

就在他们刚刚准备离开的时候，菲利普看到了什么东西。他停下来紧紧抓住了杰克，脸色变得煞白。

"怎么了？"杰克被吓到了，"出了什么事？"

菲利普沉默地指着无线电设备。"碎了！"他低声说道，"被砸成了碎片！谁干的？"

露西安哭了起来。杰克上了甲板，四处看了看，觉得既难受又沮丧。接着菲利普从船舱里发出了一声痛苦的哀号，其他人赶紧奔到了他身边。

"看！船的引擎也被砸碎了！彻底毁了。我的天啊——这儿到底发生了什么？"

"还有比尔在哪儿？"黛娜沙哑地低语道。

"消失了。被绑架了。"菲利普慢吞吞地说道，"有人在夜里找到了他。我猜他们并不知道我们在这儿——他们以为比尔是独自一人。他们抓住了他——而现在我们是被困在海鹦之岛的囚犯了，我们没法离开了！"

第14章
几个计划

　　每个人顿时都觉得难受起来。露西安一下子瘫坐在地上。黛娜也瘫倒了。男孩们站在那儿盯着被砸碎的引擎，仿佛不能相信自己的眼睛。

　　"这一定是个噩梦，"黛娜最后说道，"这不可能是真的。为什么——为什么，昨晚明明一切都还好的——而现在……"

　　"而现在汽艇被毁了所以我们没法离开了，无线电设备也被毁了所以我们也没法向外发信息——比尔也不见了，"菲利普说，"还有这不是做梦。这是真的！"

　　"我们到船舱里坐下来吧，我们一起，"露西安边说边擦着眼睛，"让我们紧挨着坐下来谈谈。我们再也不要离开彼此了。"

　　"可怜的露西安！"菲利普说着，在她趔趄着坐下来时，伸开胳膊搂住了她，"别担心。我们还经历过比这更糟糕的困境呢。"

　　"我们没有！"黛娜说道，"这就是我们经历过的最糟糕的困境了！"

琪琪感觉到了孩子们的紧张。她安静地蹲坐在杰克的肩膀上，轻轻地发出安慰的声音。呼呼和噗噗严肃地蹲伏在甲板上，目不转睛地盯着他们。就连它们看起来也感觉到有什么可怕的事情发生了。

孩子们在船舱里紧挨着彼此坐着，感觉稍微好了一点。杰克在他旁边的一个小碗柜里面翻找着，拿出几板巧克力。孩子们还没吃过早餐，尽管他们受到的打击看起来让他们没了胃口，但他们仍满怀感激地拿过巧克力一点一点啃起来。

"让我们来仔细想想到底发生了什么事。"杰克说着，把自己的巧克力分了一点给琪琪。

"嗯——我们知道比尔在担心什么事情，"菲利普说，"比如说，那些飞机。他觉得这里发生了一些古怪的事情。这也正是为什么他会自己一个人驾船出去。他一定是被看到了。"

"没错——说不定他的敌人通过某种方式知道了他在这里，"黛娜说，"他们可能跟踪了他很长时间，用望远镜监视着他。无论如何——很显然，他们来这里找他了。"

"并且找到了。"杰克说，"他昨晚要是没有离开去修无线电设备就好了！"

"唔，就算他没有，那些敌人，不管他们是谁吧，也很可能会搜索整座岛屿并且连我们也一起找到，"黛娜说，"照目前情况来看——估计他们并不知道我们也在这儿。"

"就算他们知道了也无所谓，"露西安说，"他们肯定清楚我们在一座逃不出去的岛上是没法对他们造成任何伤害的！"

"他们来了这里——很可能是开着一艘汽艇来的，"杰克继续说道，"汽艇被留在了外面某个地方——然后他们乘着一艘划艇悄悄溜上了岸。他们一定是知道这条小水道——又或者他们可能看到了从船上透出的光。比尔肯定会把船舱的灯打开，这灯亮得很。"

"没错。然后他们突然出现把他打晕了，我猜，"菲利普郁闷地说道，"他们把他带走了——老天知道他会发生什么事！"

"他们不会——他们不会伤害他的，对不对？"露西安用发抖的声音问道。没有人回答。

"振作一点，露西安，"菲利普说，"我们以前遇到过更糟糕的情况，别去管黛娜的话。我们这次也会没事的。"

"怎么会没事？"露西安问道，"我不知道我们怎么样才会没事！你也一样。"

菲利普的确也不知道。他挠挠头，看向杰克。

"嗯——我们得制订一些计划，"杰克说，"我的意思是——我们必须得想好要怎么做才能逃离这里——还有在逃离这里之前我们该怎么办。"

"比尔的朋友收不到他的消息的话，不是会来找我们吗？"黛娜突然问道。

"嚇！那又有什么用？"菲利普马上说道，"这儿有几百个这样的小鸟岛呢。可能得花上几年时间才能把每座岛都搜索一遍然后找到我们！"

"我们可以在悬崖上点一堆火，让它一直燃烧，这样的话任何搜寻者都能在白天的时候看见烟雾，晚上的时候看见火光，"黛娜激动地说道，"你知道的——就像遇到海难的水手那样。"

"没错，我们可以这么做，"杰克说，"只不过——敌人也可能会看见——然后赶在其他人之前过来找到我们。"

一阵沉默。没人知道敌人是谁。他们似乎神秘、强大又可怕。

"好吧，我没办法了——我觉得我们应该按照黛娜的计划点一堆火，"菲利普最后说道，"我们不得不冒着敌人看到后过来找我们的风险。但是我们必须得做点什么好让别人能找到我们。我们可以放哨留意着敌人，如果他们过来的话就藏起来。"

"藏起来！我们能藏在哪儿？"黛娜不屑一顾地说道，"这岛上没有任何一个地方能藏得住人！"

"是，的确没有，"杰克说，"没有山洞，没有树，只有那几棵小桦树——悬崖太陡没法爬上去。我们真的被困住了！"

"我们不能做点什么事帮帮比尔吗？"露西安悲哀地问道，"我一直在想着他。"

"我也是，"杰克说，"但是我们现在都自身难保了，更不用说帮比尔了。现在——如果我们能从这儿逃离——或者能用无线电设备通知比尔的朋友过来帮忙的话——那情况就不一样了。可是现在除了待在这里干等着，我们似乎没有什么可做的。"

"反正，还有很多食物，"黛娜说，"成堆的罐头、饼干和午餐肉，还有雀巢牛奶和沙丁鱼……"

"我想我们最好把船上的食物都搬走，"杰克说，"我很惊讶敌人居然没把他们能拿的都拿走。说不定之后他们还会回来拿——所以我们得先把它们搬走。我们可以找几个海鹦的窝把东西藏起来。"

"现在先吃点早餐吧。"菲利普说道，讨论过他们现在的状况又制订了几个计划让他感觉好多了，"开几个罐头，再来几瓶姜汁啤酒。来吧。"

一顿吃喝之后，他们都感觉好多了。他们给那台可怜的、被砸成了碎片的无线电设备盖了块布。他们实在不忍心这么看着它。

吃过饭之后杰克就到甲板上去了。空气又变得凝滞起来，甚至风也似乎变得温暖了。阳光透过薄薄一层云照射下来，微微泛红。"那场暴风雨还是要来，"杰克说，"大家快来。我们得在暴风雨来之前开始干活了。"

最后决定由菲利普和黛娜去找用来在悬崖上生火的碎木头。"我们并不知道那些时不时看到的飞机是不是属于敌人的，"菲利普说，"如果不是，也许他们看见我们的信号后就会飞过来，然后派人帮助我们。说不定今天就会有一架飞过来呢。所以我们得让火一直燃烧着。我们可以用干海草把它堆起来。那样就可以让它闷烧着产生大量的烟雾。"

杰克和露西安负责把东西从汽艇上搬到位于沉睡谷的帐篷里。"把你能拿上的东西都带走，"菲利普说，"万一敌人晚上回来把东西都拿走，那我们就完了。我们会饿死的！照目前看来，我们还有成堆的食物能支持好几个星期。"

四个孩子干得非常卖力。杰克和露西安把成袋的罐头从汽艇上搬到了沉睡谷。他们暂时把罐头捆成一堆堆在帐篷旁边。琪琪好奇地打量着它们，用嘴巴啄啄这个，啄啄那个。

"还好，你的嘴巴不是开罐器，琪琪。"杰克说着，开了今天的第一个小玩笑，想逗露西安笑，"要不然的话我们就剩不下什么吃的了。"

菲利普和黛娜同样忙个不停。他们从汽艇上拿了个袋子，沿着海岸转悠着捡拾碎木头。他们在涨潮线附近找到不少，装满了袋子。接着他们把袋子拖到了悬崖顶上。呼呼和噗噗一直跟着他们，依旧那么严肃，时而走路，时而飞行。

菲利普找到一个合适的地方把袋子里的木头都倒了出来，然后开始试着生火。黛娜则拿着袋子去找干海草了。这地方干海草可是有不少呢。

很快，杰克和露西安在沉睡谷把自己的袋子也清空了。他们看到一股青烟从悬崖顶上袅袅升起。"看啊！"杰克说，"他们已经把火生着了！干得好！"

风把烟吹向了东面。那可真是一股浓烟，孩子们很确定就算离这里很远，这股烟也能被看到。

"我们之中最好有一个人一直在这儿看着火，添添柴，留意着敌人或者朋友。"菲利普说。

"我们怎么知道谁是敌人谁是朋友呢？"黛娜问道，往火堆里扔了一根小木棍。

"呃——我想我们没法知道，"菲利普说，"如果看见有船过来的话我们最好先躲起来——要是我们能找到什么地方躲的话——然后试试看找出搜寻者是敌人还是朋友。我们肯定能听见他们谈话。我们最好再去多找点儿木头来，黛娜——这堆火烧得太快了！"

露西安和杰克干完了自己的活儿后也过来帮忙了。"我们已经把每一个罐头和所有的食物都从汽艇上搬出来了，"露西安说，"我们这下真的有很多吃的了——等所有的姜汁啤酒都喝光以后，我们还可以从那个石头水池里喝水，现在已经没剩几瓶了。你们过会儿想吃晚饭吗？"

"当然，我都快饿死了。"菲利普说，"我们就在这上面吃吧，行吗？把饭拿过来会不会太麻烦，露西安？你瞧，我们之中必须有一个人留在这儿看着火。"

"唔，总之这火一时半会儿也灭不了，"露西安说，"再多添些干海草吧。说实话，搬了那么多东西真是让我们觉得累坏了。让我们回沉睡谷好好休息一下再好好吃一顿吧。"

于是他们一起回到了沉睡谷，两顶帐篷正在微风中轻轻抖动着。他们坐了下来，露西安打开了罐头，把里面的东西舀出来盛到盘子里。

"我们有罐头鲑鱼、饼干、黄油、罐头番茄还有罐头梨。"她说道。

甚至呼呼和噗噗也比平时靠得更近了一些，来分享如此一顿美餐。如果可能的话它们会把鲑鱼吃得一滴不剩。琪琪则更青睐罐头梨，可是孩子们只准她吃一块。

"唔，如果没有这些美味的食物的话，我们的情况会糟糕得多。"杰克饱餐一顿后，在温暖的阳光里向后仰着身子说道，"一场没有美食的冒险可太糟糕了！琪琪，把你的头从那个罐头里拿出来。你比我们任何人吃的都多，你这只贪吃的鹦鹉！"

第15章
一场超级可怕的暴风雨

五点钟左右的时候起风了。狂风裹挟着小岛周围的海浪直直地耸立起来，仿佛奔腾的巨大白马，争先恐后地涌上海滩，发出雷鸣般震耳欲聋的声音。海鸟们纷纷离开了海湾，飞上了天空，大声鸣叫着。它们随风而行，无须拍动翅膀就可以翱翔数英里，尽情享受。

琪琪并不喜欢这么大的风。她没办法像海鸥或是海鸠那样滑行或翱翔。她的端庄被狂风吹得七零八落。所以她紧紧靠在帐篷附近，而帐篷在风中翻飞得如同活物一般，只是被固定桩用力死死地拉住。

"听着，我们估计没法整夜看着火堆了！"菲利普说，"我们只能多添些柴然后尽量抱着希望。说不定它还是会发出一点光呢。那些干海草不是让火烧得挺好吗？我的天，现在风把烟都吹散了！"

太阳在西边聚集起来的一片紫色怒云中沉了下去。杰克和菲利普盯着那片云。

"暴风雨马上就要来了。"杰克说，"唔，这几天我们一直感觉到有暴风雨要来——炎热的天气必然会像这样迎来结束。希望大风晚上不要把我们的帐篷吹走。"

"我也这么希望，"菲利普焦虑地说，"说实话，现在这风就吹得很猛烈！看看那些可怕的云！它们看起来太邪恶了！"

男孩们望着被乌云遮住的天空，这使得夜幕比平常更早地降临了。菲利普把手伸进了自己的一个口袋。"我的小老鼠知道有暴风雨要来，"他说，"它们一起在口袋最里面蜷缩成了一团。动物居然能知道这些事情，真是有趣。"

"杰克！"露西安忧虑地叫了他一声，"你觉得帐篷还安全吗？风都快把它们吹飞了！"

男孩们过去检查帐篷。就目前情况而言帐篷还算牢牢地钉在地上，但是在这样一场狂风中，谁知道可能会发生什么呢？

"我们现在什么也做不了，只能尽量乐观些。"杰克相当沮丧地说，"菲利普，你带手电筒了吗？如果这风不停的话，我们最好做好起夜的准备——我们可能得重新固定帐篷。"

两个男孩都给手电筒装了新电池，这倒是不用担心。这天晚上他们裹上毯子睡觉时就把手电筒放在了床边。他们都早早就上了床，一是因为天色已经很黑了，二是因为开始下起了瓢泼大雨，三是因为一整天的工作已经让他们非常疲倦了。琪琪像往常一样跟着男孩们回到了帐篷里，而呼呼和噗噗则钻进了它们附近的洞穴。

"不知道可怜的老比尔正在干什么。"杰克对菲利普说道，他们仰面躺着，听着风在四周呼啸，"我打赌他一定担心死我

们了。"

"太可惜了，我们都已经准备好要度过一个美好的假期了，"菲利普说，"而现在就连天气也这么坏！要是一直像这样持续好几天，我们到底该怎么办？那可就太可怕了。"

"噢，等暴风雨过去说不定还会放晴的，"杰克说，"天啊，听听小岛周围的海浪拍打沙滩的声音——还有它们是怎么撞击那些悬崖峭壁的！我打赌就算塘鹅和海鸠今晚也难以入睡！"

"这风声也太大了。"菲利普说，"真见鬼！我觉得特别累，可是这些噪声却让我没法入睡。噢！天哪——那是什么声音？"

"是雷声。"杰克说着，坐起身子，"现在暴风雨就在我们头顶了。我们去女孩们的帐篷吧，菲利普。如果露西安醒了，她会很高兴看见我们的。在这座毫无遮掩的小岛上迎来暴风雨可不是什么好玩的事情。"

菲利普和杰克爬进了另一顶帐篷。女孩们根本就没睡着。她们非常高兴有他们陪在身边。黛娜挤进了露西安的毯子里，而两个男孩就占了刚才黛娜待着的那个温暖地方。杰克打开了手电筒。

他看见露西安脸色苍白。"没什么好害怕的，"他温柔地说道，"只是一场暴风雨而已，你从来都不害怕这些的，露西安，你知道你不怕的。"

"我知道。"露西安深吸了一口气，"只是——只是这暴风雨看起来太猛烈了，而且——而且好像满怀恶意似的。它好像是在我们的帐篷上哭泣，朝着我们咆哮，仿佛是活的一样。"

杰克笑了起来。雷声又一次轰隆轰隆响起，比海浪拍击海岸的声音还要响。琪琪蹑手蹑脚地靠近杰克。

"砰！砰！砰！"她边说边把脑袋埋到了自己的翅膀下面。

"打雷可不是砰砰砰的，琪琪。"杰克说道，想试着开个玩笑。但是没人笑得出来。风刮得比之前更猛烈了，孩子们都希望他们能多几条毯子。这简直是阴风阵阵！

紧接着一道闪电划破天空。他们全都给吓了一跳，因为这景象实在太生动了。有那么一瞬间，陡峭的悬崖和汹涌的大海全都如此清晰地显现了出来。然后这番景象又消失不见了。

轰隆！雷声再次大作，这回听起来仿佛就在头顶炸开。闪电撕裂了天空，孩子们再一次看到了悬崖和大海。不知怎的它们看起来竟不太真实。

"有点诡异啊。"菲利普说道，"天，瞧瞧这雨！溅得我满身都是，天知道这雨是怎么溜进来的。"

"风越来越大了，"露西安害怕地说，"我们的帐篷会被吹飞的。一定会的，一定会的！"

"不，不会的，"杰克坚定地说道，握住露西安冰凉的手，"它们不可能被……"

但就在此时，传来了什么被撕碎的声音，还有一阵巨大的"啪啪啪"的声音，有什么东西打在杰克的脸上——他们的帐篷不见了。

有那么片刻，四个孩子魂飞魄散。狂风在他们身边怒吼，大雨把他们浇了个透。他们没有任何东西来保护自己——他们

的帐篷早已消失得无影无踪，随着狂风消失在漆黑的夜色之中。

露西安惊叫起来，紧紧抓住了杰克。杰克迅速打开了他的手电筒。

"天啊——不见了！大风把帐篷吹走了。快到我们的帐篷里来，快来！"

然而孩子们还没来得及从毯子里面站起身来，狂风就把另一顶帐篷也吹走了。菲利普先冲了过去，他正站在那里试图帮两个女孩站起来，当他把手电筒转向另一顶帐篷本该在的地方时，却发现什么也没有了。

"我们的也被吹走了，"他喊道，试图让自己的声音盖过风声，"现在该怎么办？"

"我们最好先到船上去——如果我们过得去的话，"杰克喊道，"你觉得我们会被风吹走吗？我们是不是最好先用防潮垫和毯子把自己裹起来然后等暴风雨过去？"

"不行。我们会湿透的。还是试试到船上去吧。"菲利普说。他把两个女孩拉了起来。每个孩子都在肩上裹了一条毯子，想要抵挡大雨和寒冷。

"手牵手，别分开！"菲利普喊道，"我来打头阵。"

他们牵起了手。菲利普动身了，在扑面的狂风中蹒跚前行。他穿过海鹦栖息地，试图让自己站稳。

突然，牵着菲利普的手的黛娜感觉到他猛拽了自己一下。接着她听到了一声惊叫。她惊恐地大叫起来："菲利普！菲利普！出什么事了？"

没有回应。杰克和露西安靠近黛娜："怎么了？菲利普呢？"

杰克的手电筒照亮了他们的身前。菲利普不在那儿。他彻底消失了。孩子们的心脏剧烈跳动着，在恐慌和惊愕之中一动也不敢动。总不可能是狂风把他吹走了吧?!

"菲！利！普！菲！利！普！"杰克高喊道。然而回应他的只有风声。这时，三个人都拼尽全力大喊起来。

杰克觉得自己好像听到了一声微弱的回应。但是在哪儿？听起来好像是从脚底下传出来的！他晃着手电筒向下照去，可让他极度惊恐的是自己看见了菲利普的脑袋——只有他的脑袋，与地面齐平。

黛娜惊恐地尖叫起来。杰克跪下来，目瞪口呆得连一句话都说不出来。只有菲利普的脑袋——只有菲利普的……

紧接着他瞬间便看清了发生的事情。菲利普踩到了一片被海鹦挖空的土地，陷了下去——他正好掉进了下面的一个洞里。杰克总算松了一口气。

"你没事吧，菲利普?"他喊道。

"没事。把你的手电筒给我。我把自己的给弄丢了。我掉进了一个很大的洞里。这儿说不定有地方让我们所有的人能躲一会儿。"菲利普大声回应道，他的话差点在杰克听见之前被风吹散了。

杰克把自己的手电筒给了菲利普。男孩的脑袋消失了，接着又钻了出来，在几丛帚石楠和海石竹花之间突出来，看着十分怪异。

"没错。这是个巨大的洞穴。你们都能下来吗？在这里，我们可以保持干燥，安全地等待暴风雨过去。来吧，这里有一点臭，不过除此以外都还好。"

黛娜从洞穴的开口处滑了下去，然后发现自己就在菲利普的旁边。接着是露西安，再接着是杰克。杰克找到了菲利普的手电筒。现在两只手电筒一起照亮了这个洞穴的各个角落。

"我猜是兔子和海鹦一起才挖出了一个这么大的洞穴，"杰克说，"看，那边就有个海鹦的巢穴通到外面去呢——有只海鹦正一脸惊讶地盯着我们！嘿，老伙计，抱歉，像这样突然打扰你啦。"

发现菲利普没事以及终于远离了暴风雨的咆哮让杰克感到如释重负。露西安也不再发抖。此刻，他们饶有兴致地打量起了四周。

"我倒觉得这应该是某种天然的洞穴，"菲利普说，"一层结实的土壤被植物的根啊什么的给固定住，形成了一层地表——可是海鹦不停地挖洞使得我踩上去的时候泥土松动了——于是我就掉了下来。很好，这正好解决了我们的燃眉之急。"

在他们上面，暴风雨还在肆虐着，不过被纠结在一起的帚石楠和海石竹花给阻隔了。没有雨水落到这个洞穴里来，雷声听起来很遥远，闪电也看不见了。

"我看我们今晚应该就睡在这里。"杰克说着，把肩上的毯子拿下来铺开，"这里的泥土干燥又松软——空气应该也不错，因为那只海鹦还留在这里呢，它还在注视着我们。要我说——

我希望呼呼和噗噗也没事。"

他们都把毯子铺开躺了下来，互相依偎在一起。"祝贺你今晚为我们找到了一个这么好的家，菲利普，"杰克昏昏欲睡地说道，"你真是太聪明了！大家晚安！"

第16章
第二天

他们都在这个出乎意料的庇护所里睡得很香。直到早上很晚了他们才醒过来，一是因为洞里很黑，二是因为他们全都累坏了。

杰克第一个醒了过来，感觉到琪琪正轻轻地搔着他的脖子。他想不起来自己在哪儿。一缕阳光透过洞口漏了进来，十分温暖。

"啊噢噢噢噢噢噢！"一个低沉的喉音叫道，把杰克吓了一跳，"啊噢噢噢噢噢噢！"

是那只昨晚下到自己的巢穴里却看到了这几个不速之客的海鹦。杰克打开手电筒，冲它露出一个笑容。

"早上好——如果现在还是早上的话。抱歉，打扰你了！等我们再见到呼呼和噗噗，我会让它们跟你解释的。"

菲利普也醒了并坐了起来。接着女孩们也动了动身子。很快，他们全都清醒过来，四处打量着这个奇异的洞穴，记起了昨天晚上发生的事情。

"多糟糕的晚上啊！"黛娜边说边发抖，"噢——当我们的帐篷被吹飞的时候——我觉得简直糟透了！"

"当菲利普不见了的时候，我感觉更加糟糕。"露西安说道，"杰克，几点了？"

杰克看了看他的手表，吹了声口哨："我的天——都快十点了。我们怎么睡了这么久！来吧，我们去看看暴风雨是不是还那么猛烈。"

他站起身来，拨开了悬在上方、挡住狭窄洞口的帚石楠丛。一束炫目的阳光立刻照了进来，让孩子们不由得闭上了眼。杰克兴奋地把脑袋探出洞口。

"噢！天气好极了！天空又是蓝色的了，阳光普照。一点儿暴风雨的影子都没留下。来吧，咱们到阳光下面去，好好看看周围。"

他们一个拉一个，来到了地面上。他们刚从洞口出来，帚石楠丛就又倒回了原来的位置，完全看不出他们昨晚是在哪儿过的夜。

"这难道不是个绝妙的藏身之处吗？"杰克说。其他人看着他，大家马上都想到一块儿去了。

"没错。如果敌人来了的话——我们就躲进这里。"黛娜说，"除非他们正好踩到上面，否则是不可能发现它的。怎么搞的——我自己都不知道现在洞在哪里了——我才刚刚从里面钻出来呢！"

"天，别告诉我我们刚发现这洞就又找不到它了。"杰克说，于是他们又开始找起洞口来。杰克以昨晚菲利普找到这个洞穴

125

的方式再次找到了入口——他掉了下去。杰克在洞口旁边放了一根笔直的小木棍，这样他们下次就能轻松找到入口了。"我们的帐篷没了，所以从现在开始，我们可能不得不每晚都在这下面过夜了。"杰克说道，"可惜我们已经把毯子拿了上来。不过，它们也该晒晒太阳了。我们可以把毯子铺在帚石楠丛上。"

"谢天谢地，那可怕的风终于过去了。"黛娜说，"今天甚至连一丝微风都没有。过会儿肯定会特别热。我们去洗洗身子吧。"

他们在恢复平静的大海里泡了泡，现在的海跟昨天那个翻腾咆哮的海看上去截然不同。现在的海风平浪静，湛蓝如斯，镶着白色褶边的小小浪花拍打着沙滩。冲洗过后，孩子们在原来扎帐篷的地方吃了一顿丰盛的早餐。

孩子们刚一到，呼呼和噗噗就出现了，冲着他们欢快地打着招呼。

"啊噢噢噢噢噢噢！啊噢噢噢噢噢噢噢！"

"它们在说希望我们给它们也留了一份美味的早餐呢，"黛娜说，"呼呼和噗噗，我真希望你们可以吃老鼠。那可就帮了大忙了。"

现在暴风雨过去了，菲利普的小老鼠也再度现身，这让黛娜觉得很反感。它们看起来非常活泼，有一只还跑到杰克的口袋里找到了一颗葵花子。它把葵花子拿出来，蹲坐到杰克的膝盖上，开始一点点地啃着。可是琪琪立刻猛扑过去，一把把葵花子抢走，吓得吱吱匆匆跑回了菲利普那里。

"你真是占着茅坑不拉屎，琪琪，"杰克说，"你其实并不想吃葵花子，可你也不让吱吱吃。呸！"

"呸呀呸。"琪琪立即说道，接着就在杰克的耳边突然发出刺耳的尖笑声。杰克把她从自己的肩上推了下去。

"接下来这一整天我会变成个聋子的！露西安，看好那个肉罐头。呼呼对它可太感兴趣了。"

"说真的——要是琪琪一直从罐头里叼水果，呼呼和噗噗一直想吃掉罐头肉，还有菲利普的小老鼠们一直四处嗅来嗅去，真不知道我们自己还能剩下什么吃的东西！"露西安说道。话虽如此，但让这些小家伙加入进来，成为孩子们的伙伴，还是很有趣的。呼呼和噗噗在这个上午特别滑稽好笑，现在它们真的表现得十分友好，无论什么东西都想要研究一下。呼呼突然对黛娜的叉子产生了兴趣，用嘴巴把它叼了起来。

"噢，可别吞下去，小傻瓜！"黛娜叫道，试图把自己的叉子夺回来。可是呼呼的嘴巴非常强壮有力，它赢了这场"拔河比赛"。它摇摇摆摆地走到一边，安安静静地研究起了这个叉子。

"它不会把它吞下去的，别担心。"菲利普边说边把自己的叉子扔给了黛娜，"玩玩叉子能让它安静一会儿。"

不用说，孩子们生起的火堆早已完全熄灭了，只能把它弄散，重新点燃。这就没有之前那么容易了，因为所有的东西都在昨晚被雨浇透了。不过，阳光如此炙热，用不了多久，木头和海草就能再次完全干了。

昨天孩子们错过了晚餐，等他们把早餐的东西收拾好都已经十二点了。"我们五点左右的时候吃顿下午茶好了，"杰克说，"我们还有很多事要干呢——找帐篷——点火堆——找更多的木头——还要去看看汽艇是不是没事。"

帐篷早已不见踪影，只剩下了一两个帐篷桩，仅此而已。"帐篷很可能正躺在数英里之外的某个小岛上，"杰克说，"吓唬着那里的海鸟。好吧——我们今晚要不要还睡在那个洞里？"

"啊，不要，我们可不可以不睡在那里？"露西安恳求道，"那儿太臭了。再说现在又热起来了，我们完全可以把毯子铺在帚石楠丛上面，露宿在外面。我想那么做。"

菲利普抬头看了看湛蓝的天空，万里无云。"好吧，"他说，"如果今晚天气还是这么好的话，露宿在外面应该会很舒服。我们就这么计划吧，除非天气有变。咱们先去找个柔软的好地方，把毯子放在那儿，还有我们其他的衣服，再在上面盖一块防潮垫。还好，防潮垫只是被吹到了小桦树那儿卡住了！"

他们找到了一个帚石楠丛生的好地方，离露西安存放东西的那块大石头的石壁下面不远。他们把替换衣物、防水雨衣、毯子，还有防潮垫都堆放在那里。露西安原本把他们的备用衣物和食物一起存放在那个石壁下面，但是雨水被刮了进来，把它们都弄得湿漉漉的。因为他们决定把这些衣物用作晚上额外的铺盖，所以白天时就将它们存放在防潮垫底下。

做完这一切之后，他们就去查看火堆，火堆现在烧得很旺。他们坐在悬崖顶上，眺望着平静蔚蓝的大海，身边环绕着不停鸣叫的鸟儿。

"那是什么?"露西安突然说道,指着不远处漂浮着的什么东西。

"看着像是一堆木头之类的,"菲利普说,"好像是什么东西的残骸。希望它漂到岸边,我们可以用它来生火。"

那堆东西慢慢地随着潮水漂了过来。菲利普举起他的望远镜。紧接着他把望远镜又放了下来,看起来非常吃惊的样子,把其他人也给吓到了。

"你们知道吗,"他说道,"那堆残骸看起来特别像是'幸运星'号的碎片。那边还有更多的碎片,看——我敢说我们在礁石下面也能找到一些。"

一阵震惊的沉默。没人甚至想到过汽艇可能会被暴风雨卷走毁坏。杰克艰难地咽了口唾沫。那将是个沉重的打击!他站起身来。

"来吧。我们最好过去看看。虽然我觉得汽艇注定会被撞碎,但无论如何我们原本也没办法移动它。天哪——如果船真没了那可就太倒霉了!就算引擎已经被砸坏了,那也还是艘汽艇啊。我们本可以做个简单的帆——或者别的什么……"

孩子们沉默地离开悬崖上的火堆,穿过裂口,下到岩壁处,走到了小港口那边。

没有船。只剩下了一截缆绳还绑在附近的礁石上,破破烂烂的末端随着微风荡来荡去。

"看!"杰克说着,指向一边,"巨大的海浪在水道里涌进涌

出，汽艇一定也跟着不断上下颠簸所以受到了重创——看看那些礁石上的油漆——再看看这些木头的碎片。绳子断裂的时候，汽艇一定是从水道里被直接抛了出来，撞上悬崖被撕成了碎片。太可怕了，太遗憾了！"

两个女孩的眼睛里充满了泪水，菲利普也不得不转过身去。多好的一艘汽艇啊！可现在它已经变成了一堆残骸，只能用来给他们生火了。可怜的"幸运星"，应该叫"霉运星"才对。

"好了，本来我们能做的也无济于事，"杰克最后说道，"不管怎样暴风雨都会把汽艇弄坏的——不过如果比尔还在的话，汽艇应该就会没事了，他会把汽艇开到'飞溅湾'去，那样我们就可以直接把它拽到岸上来，不让海浪碰到它。这并不是我们的错。"

离开小港口往回走的时候，每个人都觉得既难过又沮丧。太阳正在下山，这个夜晚宁静又美丽，几乎没有风。

"我又听见飞机的声音了！"露西安说，她灵敏的耳朵先于其他人捕捉到了那遥远的空气被搅动的声音，"听！"

远处，一个小黑点低低地出现在蓝色的天空中。男孩们急忙把望远镜举到眼前。杰克惊叫起来。

"有什么东西掉下来了，看！菲利普，那是什么？是降落伞吗？"

"看起来像是个小降落伞——下面绑着什么东西，来回摇晃着，"菲利普说道，眼睛紧紧贴在望远镜上，"是个人吗？不，看起来不像个人。那么到底是什么？还有为什么飞机会往这里扔东西？天啊，我真希望比尔能在这里看到这个。有什么古怪的事情正在发生，敌人正在做什么事情。如果他们看到我们的烟雾而警惕起来，到这座岛上来探查的话，我倒是不会吃惊的。明天我们必须有一个人一直在悬崖上放哨。"

　　带着困惑和担忧，孩子们返回了沉睡谷。到了喝下午茶的时间，露西安和黛娜准备着茶点，沉默不语。他们又一次身处一场冒险之中了——而且他们可能没法从这场冒险中脱身了。

第17章
一艘船，一艘船！

　　"如果是敌人的飞机，那你觉得保持火堆燃烧还值得吗？"露西安最后问道。

　　"唔，如果我们还想被救援的话，就必须得发出某种信号，"杰克说，"我们不得不冒着被飞机看到烟雾的风险。也许，当他们收不到比尔的任何消息时，就会派出汽艇来搜寻我们。然后他们就会看见我们的信号，来到这座岛上。"

　　"我希望他们能来，"黛娜说，"我可不想在这儿待上几个月。这里的冬天一定很糟糕。"

　　"我的老天！别讨论什么在这里过冬！"露西安惊慌地说道，"为什么？这才五月啊！"

　　"黛娜只是像往常一样看着事情的阴暗面罢了。"菲利普说。

　　黛娜突然发起火来："我没有！我这叫理智。你总是管理智叫'看着事情的阴暗面'。"

　　"噢，不要在这个时候吵架，现在我们应该互相扶持才对，"露西安恳求道，"还有不要让那些老鼠靠近黛娜，菲利普——别在这个时候那么斤斤计较！"

菲利普打了个响指，那些小老鼠又一溜烟地跑回了他的口袋里。琪琪哼起来：

"三只瞎老鼠，看它们怎么跑，琪琪砰砰砰！"

"啊噢噢噢噢噢！"呼呼也叫起来，像是有礼貌地表示赞同。它和噗噗假装跟琪琪交流的方式真的非常滑稽。除了"啊噢噢噢噢"其实它们什么也没说，但是它们用许多不同的声调在说，有时听起来居然很像在对话似的。

这天夜里孩子们露宿在外面。这是个美丽宁静的夜晚，星星悬垂于天空之上，又大又亮。露西安努力保持着清醒想等待自己最爱的流星，可惜她一颗也没看到。

她的床十分舒适。孩子们选了一处厚厚的帚石楠丛，将防潮垫和毯子铺在上面，还把他们的替换衣物做成了枕头。微风轻轻吹拂着他们的脸颊和头发。星星在头顶安静地闪耀着，远处传来大海的声音，一切都显得那么美好。

"就像林间的风声，"露西安昏昏欲睡地想，"林间的风声就像大海的声音。天哪，我觉得越来越迷糊了——迷糊——迷——"

第二天的天气依旧很好，风非常小，信号火堆冒出的袅袅青烟几乎是笔直地升上了天空。杰克和菲利普拍了许多鸟的照片，而杰克还在眼巴巴地望着那个鸟儿栖息的陡峭悬崖，心想着自己也许可以爬到下面一点的地方，从那儿拍几张鸟儿的照片。

"比尔说过不行。"菲利普说，"我也觉得我们不应该去。假

133

设我们出了什么事的话，女孩们该怎么办？不用惊扰那些岩壁上的鸟蛋还有鸟，我们也已经拍到一堆很好的照片了啊。"

"我真希望海鹦们已经下蛋了，"杰克说，"我连一颗海鹦蛋都还没找到呢。我想现在是有点太早了。海鹦宝宝看起来一定特别可爱！我真希望自己能看到几只。"

"这个嘛，你很有可能会看到的，毕竟现在事情已经这样了，"菲利普半是幽默地叹息道，"我们可能会在这儿待上很长一段时间。"

孩子们进行了分工，他们中要有一个人一直待在鸟儿栖息的那个悬崖上负责放哨。从那儿几乎可以俯瞰整座岛屿，没有敌人能在不被发现的情况下接近他们。这样其他人就有足够的时间来得到警告，也够他们所有的人跑去躲起来。

"我们是不是最好把石壁下面的所有罐头和其他东西都藏到那个洞穴里？"当计划被定下来时，露西安说道，"它们可能很容易被找到。"

"我们可以在周围弄些帚石楠，"杰克说，"要不然每次我们想吃东西时都必须得不断地钻进洞里把食物拿出来，那可是很烦人的。"

于是一丛丛的帚石楠被当作逼真的伪装，堆叠在露西安存放罐头的那个石壁下面。一切看上去都非常自然，没人能猜到那花并不是生长在那里的。

"如果看到有人来，我们也会有足够的时间把我们的衣物扔进藏身洞里，"杰克说，"我第一个放哨。我一点儿都不会觉得无聊的，因为上面有那么多的鸟儿——而且琪琪和它们在一起就跟个小丑似的，看她就像看戏一样有趣。"

两天过去了，没有发生任何令人兴奋的事情。有一次他们听到了另一架飞机的声音，但是没有看到它。更多不幸运的"幸运星"的残骸被卷上了海滩。孩子们游泳、吃饭、睡觉，还有轮流放哨，但是他们没有看到任何值得担心的事情。

琪琪总是跟着杰克一起放哨，呼呼和噗噗则跟着菲利普。有一次另一只海鹦离菲利普太近，惹得呼呼不高兴了，于是它像一只生气的小狗一样咆哮着"啊噢噢噢噢噢噢"，低下头朝它冲过去。巨大的鸟嘴纠结在一起，目睹了这场古怪战争的菲利普几乎把眼泪都笑出来了。

"鸟嘴之战。"之后他跟其他人描述的时候这么说道，"想想看牡鹿把鹿角纠缠在一起打架的样子——那两只海鹦用巨大的鸟嘴打得可凶了。"

"谁赢了？"露西安兴致盎然地问道，"我猜是呼呼，对吗？"

"当然了，"菲利普说，"它不但赢了，还追着另一只海鹦把它赶回了自己的巢穴。它们两个又从另一个出口一起跑了出来，呼呼赢了比赛。我都没想到等呼呼跟它打完架以后，那只可怜的鸟儿居然还能剩下羽毛。"

第三天下午，杰克正坐在鸟儿栖息的悬崖顶上。这次轮到他放哨了。他懒洋洋地望着大海。这天微风徐徐，海浪涌向岸边时卷起白色的褶边。

杰克在想着比尔。他在哪儿？他发生了什么事？如果能够

逃脱的话，他会迅速赶来营救这四个孩子吗？艾丽阿姨又是怎么想的呢？如果她听说没有比尔的消息，她会不会很担心？

杰克心事重重地想着所有这些事情，听着周围海鸟不同的叫声，望着它们在海面上优雅飞翔的身姿。紧接着，他的眼睛突然瞥到了远处水面上的什么东西。

像一只发现了不寻常东西的猎犬似的，他突然静止不动，伸手拿起望远镜架到眼前。很快，他就将焦距对准了那个东西——现在他看到了，那是一艘小汽艇。

"敌人。"他心想，正要跳起来时，忽然记起来无论那艘船上是什么人，也有可能会有望远镜，很有可能会发现自己。于是他肚皮贴着地面蠕动着爬行，一直到完全进入了小山谷里，才跳起来跑向其他人。

"喂！"他冲向沉睡谷，气喘吁吁地喊道，其他人正在那儿消磨时光呢，"有艘船来了！"

他们立刻全都坐直了身体。露西安瞪大了她绿色的眼睛，既兴奋又害怕："在哪儿？有多远？"

"还挺远。他们大概得花上十分钟才能把船开进来再拴好。我们最好马上把所有的东西都扔到那个洞里去。"

"那火堆怎么办？"黛娜边说边抓起了她的那堆运动衫和外套。

"只能先留在那儿了。反正他们已经看见烟了，"杰克说，"快来，快！赶紧啊，露西安！"

没用多久他们就拨开了覆盖着洞穴狭窄入口的帚石楠丛，

把所有的东西都丢了下去。杰克挪开了之前他放在那里做标记的小木棍。

"给他们留下路标可不好。"他说道，试图逗露西安笑。她给了他一个泪汪汪的笑容。

"是不好——所有的东西都处理干净了？"菲利普边说边环顾四周。他将之前由于他们躺过而被压平的那片帚石楠丛拨了回去，不过那富有弹性的植物已经差不多自己回到原位了。菲利普捡起不知谁丢在地上的一把勺子，插进口袋里。现在看起来真的没有什么东西能表明孩子们几分钟之前还在这里了。

"快点，'草丛头'！别磨蹭了！"杰克说道，在一种不耐烦的焦急中钻到了地下。女孩们已经安全地进到了洞穴里。杰克自己滑了下来，菲利普紧随其后。

杰克把帚石楠丛拨弄整齐，盖住了洞口："好了！现在除非有人像菲利普那晚似的一脚踩进洞里，我们就是安全的。没人会知道地底下有这么大一个洞穴。"

"我觉得自己跟一只海鹦似的，"菲利普说，"我想自己挖洞，给我们每人挖一个小窝躺进去怎么样？"

"噢，别现在开玩笑，"露西安恳求道，"我现在不喜欢玩笑。我觉得——我觉得紧张得喘不过气来。而且我的心跳声大到不能再大了。你们能听见吗？"

没人能听见。不过，他们自己的心脏也跳得如此之快，如此响亮，也难怪他们听不到其他人的心跳声。

"我们可以说悄悄话吗？"黛娜低声问道，把每个人都吓了

一跳。

"我想可以。不过声音不要太大，"杰克说，"如果我们听到有人过来，尽可能地仔细听着，这样我们就能知道来的是朋友还是敌人了。如果是朋友，而没让他们找到我们就走了，那可就太糟糕了。"

这的确是个糟糕的想法——几乎比被敌人找到这个想法还要糟糕。每个人都安静地坐着，屏住呼吸，尽可能地仔细听着。

"朋友还是敌人，朋友还是敌人，朋友还是敌人，"一个声音在露西安的脑海里说着，她无法阻止这些话一遍又一遍地重复着，"朋友还是……"

"嘘，"杰克突然低语道，"我听见了什么声音。"

然而那只是呼呼和噗噗进到了洞里。它们把帚石楠丛推到一边，扑通一声掉了下来，把孩子们给狠狠吓了一跳。帚石楠丛又自己倒了回去，两只海鹦在黑暗中瞪大眼睛，试着寻找菲利普。

"你们这两只可恶的鸟！"菲利普叱责道，"你们可能会把我们的藏身处暴露给他们的。你们敢说一个字试试！"

"啊噢噢噢噢噢！"呼呼低沉地叫道。菲利普生气地推了它一把，于是这只鸟儿大为吃惊地走开了。它还是头一回在自己挚爱的菲利普那里碰了一鼻子灰。它跳到了附近一个巢穴开口处，噗噗就跟在后面，然后它们向上走去，感觉受到了伤害。孩子们倒是很高兴听到它们走开了。

"嘘！"杰克再次低语道，其他人紧紧抓住彼此，"他们真的过来了！嘘——！"

第18章
敌人——以及琪琪

就算在地下黑暗的洞穴里也能感受到那阵沉重的脚步声。接着传来了说话声："我们要搜索整个地方。肯定是有人生了那堆火！"

"这座小岛上没什么地方可躲啊，"另一个声音说道，"没人能从那些陡峭的悬崖上下来，这一项可以排除了。这座山谷里显然也没人——除了这些好笑的鸟。"

又传来了火柴被擦着的声音。显然其中有一个人点燃了一根烟。他把火柴扔到了一边——而火柴好巧不巧地穿过帚石楠丛，落到了正在发抖的孩子们蜷缩躲藏的洞穴里。它正好掉到了黛娜的膝盖上，她差点就尖叫起来。

"他们绝对就在附近，"每个人都这样想着，"绝对、绝对很近！"

"瞧这儿，"其中一个人的声音突然说道，"这是什么？一小片巧克力的包装纸！我打赌那个藏身处不会太远。"

孩子们的心跳简直都要停止了。菲利普想起来他有一小片巧克力包装纸之前被风吹走了，而他并没有费心去捡起来。见

鬼！见鬼！见鬼！

杰克暗中摸索着琪琪。她到哪儿去了？她从他的肩膀上溜了下来，但是自己在附近的任何地方都感觉不到她。他希望她千万不要就在这些人的脚底下突然大声地说话。

琪琪已经跟在呼呼和噗噗后面向上走出了洞穴。这两只海鹦现在正瞪着那两个过来搜岛的人。它们站在一个巢穴的入口处，带着深红色眼圈的眼睛死死地盯着他们。

"瞧瞧这些傻乎乎的家伙，"一个人说道，"这些嘴巴跟要爆炸的烟花似的可笑鸟儿叫啥？"

"不知道。海鹦或者海鹦鹉吧，或者别的什么。"另一个人说。

"呼呼和噗噗。"琪琪大声地说道，好像要对话似的。那两个人被吓得猛然跳起来，四处查看着。琪琪就在呼呼和噗噗背后的那个巢穴里，不过没法被看到。她可不想推开它们挤过去，以免它们又拧她。

"你听见了吗？"第一个人问道。

"嗯——我觉得我听到了什么动静，"另一个人说道，"但是周围这些鸟太吵了。"

"是啊——可怕的吵闹声。"第一个人说道。

"吵——炒——炒面，"琪琪宣称道，又爆发出一阵嘎嘎大笑的声音。那两个人惊恐地瞪着那两只严肃的海鹦，"我说——那些鸟应该不会说话吧？"

"的确有点奇怪，不是吗？"第一个人边说边摩挲着他的下巴，盯着呼呼和噗噗。看起来刚才似乎真的是这两只海鹦在说话和嘎嘎大笑。他们看不到琪琪。

呼呼张开了嘴巴，"啊噢噢噢噢噢噢！"它肃穆地叫道。

"对了！"那人说道，"我那时见过它。它们的确是会说话的鸟。也许就是海鹦鹉——鹦鹉的确会说话，对吧？"

"对，可是也得有人教它们啊，"另一个人说，"又是谁教会了这两只呢？"

"噢，得了吧——别把时间浪费在这些可笑的动物身上。"第一个人说着，转身要走，"我们下到海岸那边，顺着岸边走走，确保那里没人。可惜那船在大风中给撞碎了。我们本可以从里面拿走些食物的。"

琪琪又模仿了一辆在远处的摩托车的声音。那两个人突然吃惊地停下脚步。

"我可以发誓那是一辆摩托车！"其中一人半是不好意思地笑着说道，"来吧——我们一直在幻听。等着瞧吧！让我找到到底是谁在这岛上——让我们这样浪费时间搜岛！"

让孩子们长长地松了一口气的是，那两个人的声音越来越微弱，直到最后一点儿也听不见了。琪琪又回到了洞穴里。

"真可惜，真可惜！"她低声说着，敲着自己的嘴巴。

"琪琪，你真是个傻子，你差点就露馅儿了！"杰克轻声说道，"到我肩上来——我可警告你，如果你再多说一个字，我就用我的手帕把你的嘴给绑起来。"

"啊噢噢噢噢噢噢噢！"琪琪边叫边把脑袋夹到翅膀下面

安顿下来。她很生气。

孩子们就这么安静地坐在地下的洞穴里，感觉好像已经过去了好几个小时。他们没有再听到更多的说话声，也没有再听到震动附近地面的脚步声。

"我们还得像这样在这里待多久？"黛娜终于低声问道。她总是第一个失去耐性的："我都抽筋了。"

"我不知道，"杰克说，他的低语声似乎充斥了整个地下洞穴，"要是我探出头去探查的话会很危险的。"

"我饿了，"露西安说，"要是咱们带了些东西下来吃就好了。我还觉得口渴。"

杰克考虑着要不要冒险把头探出去。正当他下了决心准备要探头出去的时候，洞穴里的每个人都听到远处传来了一阵令人欢欣鼓舞的声音。

"是他们汽艇的引擎正在发动的声音，"杰克如释重负地说道，"他们一定是放弃了搜岛，谢天谢地。再等几分钟，然后我出去看看。"

他们又等了五分钟。那汽艇的引擎先是响了一会儿，接着变得越来越微弱，最后终于听不到了。

杰克小心翼翼地把头探了出去。除了海鹦，他没看见也没听见其他任何东西。呼呼和噗噗就蹲伏在附近，看见杰克的脑袋后便殷勤地站了起来。

"啊噢噢噢噢噢噢！"它们叫道。

杰克从洞里钻了出来。他趴下身子，把望远镜举到眼前，

呼呼和噗噗就蹲伏在附近，看见杰克的脑袋后
便殷勤地站了起来。

扫视着周围的海面。最后他发现了自己在找的东西——那艘汽艇正全速驶离，在远处变得越来越小。

"没事了！"他向下冲其他人喊道，"几乎都看不见他们了。出来吧。"

过了一会儿，女孩们准备好了食物，他们就都坐在了"沉睡谷"里，因为等到了这个时候，他们又一次饿坏了。姜汁啤酒已经全被喝光了，于是他们就从石头水池里喝水，那水由于阳光的照射变得温温的，尝起来十分甘甜。暴风雨带来的雨水相当可观地补充了水储量。

"哎，刚才可真是死里逃生，"菲利普说道，他狼吞虎咽了好几片火腿以后情绪高涨起来，"我真的以为他们其中一个会正好摔到我们头顶呢。"

"哈，那你以为他们其中一个用过的火柴掉进洞里正好弹到我的膝盖上时，我是什么感觉？"黛娜说，"我差一点就叫出来了。"

"琪琪也差一点露馅儿，"杰克边说边把罐头肉放到一片饼干上，"像那样大声叫唤着'吵——炒——炒面'。我真替你害臊，琪琪。"

"她在生闷气呢，"黛娜笑着说，"你看看她——背对着你站在那儿，假装什么也没听到。都是因为你对她发脾气了。"

杰克咧着嘴笑起来。他招呼着像平常一样耐心地站在菲利普身旁的呼呼和噗噗，"嘿，呼呼、噗噗——过来吃一点吧。乖鸟儿，好鸟儿，亲爱的呼呼和噗噗。"

呼呼和噗噗摇摇摆摆地向杰克走过去。它们郑重其事地从杰克的手上吃了一点饼干。这下琪琪可受不了了。她上下翻飞，并用自己最高的音量尖叫着：

"捣蛋鬼，捣蛋鬼，捣蛋鬼！可怜的波莉，可怜的波莉！波莉感冒了，去把水烧上，捣蛋鬼，捣蛋鬼！"

她向吃了一惊的海鹦们扑过去，用弯弯的鸟嘴狠狠地啄了它们一下。呼呼立刻回击了过去，琪琪后退了一步。她开始发出像火车似的尖啸声，那两只海鹦急忙退回到了菲利普的腿边，站在那儿一脸警惕地盯着琪琪，随时准备着一头扎进洞里。

孩子们看着这场小小的闹剧开怀大笑。琪琪以一种滑稽的方式挪向杰克："可怜的琪琪，可怜的琪琪，捣蛋鬼，捣蛋鬼！"

杰克给了她一点吃的，她就蹲坐在他的肩膀上吃起来，得意扬扬地看着呼呼和噗噗。"啊噢噢噢噢噢噢！"她冲着它们叫道，听起来就像一只在狂吠的狗，"啊噢噢噢噢噢噢！"

"好了，琪琪。别在我耳朵边上'啊噢噢噢噢噢'地叫，"杰克说道，"还有我劝你这会儿别靠呼呼太近。它可还没忘你啄它那一下呢。"

"你们觉得今晚再睡在外面安全吗？"黛娜边问边收拾起食物，"我有点不太喜欢再睡在那个洞里面。"

"噢，我觉得应该没事，"杰克说，"我觉得那些家伙，不管他们是谁吧，今天夜里应该不会再来了。可惜我们没瞥一眼他们的样子。"

"我不喜欢他们的声音，"露西安说，"听起来又冷酷又可怕。"

"还好那天晚上暴风雨把我们的帐篷吹走了！"黛娜突然说道，"要不然的话，我们就不会碰巧找到那个洞穴，也就不能藏在那里。除了那儿之外，我们就无处可去了。"

"说得没错，"菲利普说，"不知道那些人还会不会再来。不管怎样我们得继续放哨，还要继续保持火堆燃烧。那是我们获得救援的唯一希望——也是比尔的唯一希望，我想——因为如果没人来救我们的话，自然也就没人来救比尔！"

"可怜的比尔！"露西安说，"他想要消失——现在他真的做到了。"

"那些人肯定把我们的火堆给弄灭了。"杰克说道，因为他突然注意到没有烟升起来了，"卑鄙小人！我推测他们是在想，等他们把火熄灭离开之后，如果火又被点起来，烟升起来的话，他们就能确定一定是有人在这儿了。"

"那我们这就去再把火点起来，"菲利普马上说道，"让他们知道只要我们愿意，火就会一直燃烧。我猜他们并不想让火堆一直烧着，以免有人真的碰巧看见。他们不希望人们在这时候搜索这片地方。"

于是他们都去了悬崖顶上，着手再次点燃火堆。那些人把火堆踢翻了，烟灰和烧了一半的树枝散落得到处都是。

没过多久火就被再次点着了。孩子们小心地把火堆搭好，由菲利普点燃。火立刻着了起来，火苗高高蹿起。等火稳定地燃烧起来，孩子们就把干海草堆了上去，立刻一股浓烟在空中盘旋而上。

"哈！你们这些家伙！但愿你们再次看到我们的信号！"杰克面朝大海喊道，"你们打不倒我们！我们会让你们好看的，等着瞧吧！"

第19章
有人来了岛上

　　孩子们现在被太阳晒得很黑了。"如果妈妈看到我们现在的样子，她就不会再说我们'憔悴'了，"菲利普说，"还有你俩的雀斑现在都回来了呢，杰克、露西安，甚至还多了几百个！"

　　"啊，天哪！"露西安边说边揉搓着自己布满雀斑的黝黑的脸，"太可惜了！我倒觉得当我的雀斑在麻疹期间消失不见的时候，反而让我比较好看呢。"

　　"我好像搞不清日子了，"杰克说，"我怎么也想不起来今天到底是星期二还是星期三。"

　　"是星期五，"菲利普随即说道，"我今天早上还在数呢。我们已经在这儿待了很长一段时间了。"

　　"哦——我们离开家有一周了吗？"黛娜问道，"感觉好像过了半年一样。不知道妈妈怎么样了。"

　　"她一定会有些担心我们，"菲利普说，"不过就算她收不到消息，也知道我们跟比尔在一起，所以她会认为我们应该过得挺好。"

"只不过我们没跟比尔在一起，而且过得也并不好。"露西安说，"我真希望知道比尔在哪儿还有他发生了什么事。如果我们有一艘船的话，我们就可以坐船出发试着去找找他在哪儿。他一定是被带到我们西边的某个地方去了——因为飞机好像就是飞到那边去的。"

"这个嘛——我们不太可能会弄到一艘船，"菲利普说，"来吧——咱们去悬崖顶上看看火堆。今天早上那烟看起来不太大。呼呼、噗噗，你们一起来吗?"

"啊噢噢噢噢噢噢噢!"呼呼和噗噗一起叫道，走在菲利普身边。呼呼开始将鱼当作小礼物带来给菲利普，这让孩子们欣喜异常。当呼呼第一次用它的大嘴巴叼着鱼摇摇摆摆走过来的时候，孩子们一开始还没辨认出它带着什么东西。但是等它又走近了一些，他们便哈哈大笑起来。

"菲利普!它带了六七条鱼在嘴里给你呢——你一定得看看它是怎么排列这些鱼的!"杰克喊道，"首尾交替在嘴巴里排成一行!呼呼，你是怎么做到的?"

"太谢谢你了，老伙计，"当呼呼把鱼放到他身边时，菲利普说道，"你真是太慷慨了。"

让孩子们高兴的是，现在呼呼每天会带来两三次鱼。菲利普知道用火烤之前如何将鱼处理好，而孩子们则会就着饼干和罐装黄油把大一些的鱼吃掉。呼呼郑重其事地也吃了一块烤过的鱼，看起来就跟吃生鱼一样享受。而噗噗则连碰也不碰烤鱼。

"啊，只要呼呼一直给我们提供鱼，我们应该就不会挨饿了。"杰克说，"琪琪，别这么嫉妒好不好。如果呼呼愿意这么大方的话，就让它这样吧。"

琪琪试着在呼呼带着鱼来的时候绕到前面拦住它。她自己不会捉鱼，也不喜欢呼呼给这个小团体带来礼物的方式。

"捣蛋，捣蛋，捣蛋鬼！"她尖声叫道，但是呼呼完全不在意。

孩子们坐在火堆边上，无所事事地往里面扔着树枝，时不时地翻动一下，使得火焰偶尔蹿高。缕缕青烟升起，飘向北边。杰克拿起他的望远镜扫视着寂寥的大海。你永远无法预料什么时候朋友——或者敌人——会出现。

"喂！又有一艘船来了！"杰克突然叫道，他的望远镜聚焦到远处一个小小的东西，"菲利普，拿上你的望远镜。"

男孩们通过望远镜瞭望着，与此同时，女孩们不耐烦地等待着。她们没法用自己的肉眼看到任何东西——更别提大海上的一个小点了。

"是之前那艘船吗？"菲利普说，"它越来越近了——我们很快就能知道是不是了。"

"我觉得看起来不是同一艘，"杰克说，"这艘更小。而且它是从另一个方向过来的。不过也许这只是个小诡计——好让我们觉得来的是朋友。"

"我们怎么能知道呢？"露西安问道，"我们是不是又得去藏起来？"

杰克把自己的望远镜给了她好让她也看看。他转向菲利普，眼睛灵光一闪："菲利普——这回来的只有一个人——如果他要来搜寻我们的话，肯定得把船停在什么地方。把船抢过来怎么样？"

　　"天！如果我们真能做到的话！"菲利普说，脸上闪闪发光。"那是一艘汽艇——一艘小汽艇——不过也大到足以把我们都装下了。"

　　"抢过来？怎么抢？"黛娜问道，她的眼睛都粘在那艘正在靠近的船上了，"那个人很容易就能看到我们，跑过来把我们抓起来！"

　　"嘿，把我的望远镜还回来，"菲利普边说边把望远镜从黛娜的手里拽了过来，"这是你最糟糕的地方，黛娜——轮到你的时候你总是要占那么长时间！"

　　"现在让我们来想一想，"杰克说，他的眼睛闪闪发亮，"那个家伙不可能是来救我们的，因为无论是谁如果知道只有我们独自在这里，一定会派一艘更大的船来，很有可能还有更多的人，以防跟敌人狭路相逢。如果比尔已经设法通知了什么人的话，他们一定会这么做。因此，在我看来这艘船并不是派来营救我们的……"

　　"这么说这很可能是敌人的诡计啰，"菲利普继续说道，"他们可能知道，也可能不知道这儿只有几个孩子——这要取决于比尔告诉了他们多少事——但是他们可以很轻易地派出一个人假装不是敌人，以此来欺骗我们——我们就会被劝诱到他的船

再见了，冒险海

上好到一个安全的地方去——他就会把我们带到别的什么地方关起来，和比尔一起当俘虏。"

"噢！"露西安说道，她可一点也不喜欢这个说法，"这样的话，我绝对不会上他的船的。杰克，我们该怎么办？"

"现在听着，"杰克说，"我真的有个好主意——不过它需要我们所有的人一起来执行，你们女孩也包括在内。"

"好吧，我们究竟要做什么？"黛娜按捺不住地问道。

"我们要找到他准备在哪儿停船，"杰克说，"他要么得进入'幸运星'号曾经所在的那条小水道——要么得把船拖上沙滩停下来。我们很快就会知道的，因为我们会一直监视着他。"

"好吧，然后呢？"露西安问道，开始觉得兴奋起来。

"然后，我和黛娜会在附近藏起来，"杰克说，"那个人会走到岛上来搜寻我们——菲利普，你和露西安，必须去跟他碰面。"

"噢，我不行。"露西安惊慌失措地说道。

"那好吧——你找个地方躲好待着，"杰克说，"菲利普可以去跟他碰面。然后，菲利普，你得想方设法把这家伙引到那个地下洞穴去。我们可以很容易把他囚禁在那里——如果我们能用什么方法把他困住的话，带着充足的食物，我们就能坐船离开了。"

大家在一阵沉默不语中消化着这个了不起的计划。"但是我要怎么样才能把他引到那个洞里去呢？"菲利普最后开口问道，"这听起来有点像那首童谣里唱的''"你要不要进来我的客厅看看？"蜘蛛对苍蝇说——'而且我总觉得这回苍蝇是不会答应的！"

"你就不能先带他穿过海鹦栖息地，陪他走近那个洞——接着把他给绊倒吗？"杰克不耐烦地说道，"我相信我就可以做得很好。"

"好吧，那你来做吧，"菲利普说，"而我会藏在附近把船抢过来的。但是假设你没把那人绊倒让他跌进洞里成为俘虏呢？那船呢？我该拿船怎么办？"

"噢，傻小子，就算你发现我没能把那人困住，你也要跳上船接着驶向大海，"杰克说，"然后你要一直等到天黑，等到你能悄悄混上岛来，再看看是不是能找到我们好把我们带走。不过你不用担心——我会把那家伙搞定的。我会像在学校橄榄球比赛时扭倒那些小伙子一样搞定他的。"

露西安钦佩地望着杰克。她觉得自己的哥哥真是太聪明了！

"那么，我也来帮忙吧，"她说，"我和你一起去跟他碰面。"

"我们得假装相信他说的所有话，"杰克说道，"每一个字！这会很有趣的——他会试着鬼话连篇欺骗我们，而我们就以其人之道还治其人之身！"

"我希望他不要太凶。"露西安说。

"我估计他会装成人畜无害的样子，"杰克说，"很可能会说自己是个博物学家什么的——看起来很单纯很友好。反正——我就会这么做！"

"船靠得非常近了，"菲利普说，"只有一个人。他戴着墨镜

153

来遮阳。”

“来遮他那凶恶的眼睛吧，我猜，”露西安害怕地说道，“而不是为了遮阳。我们要现身吗？”

“就我们俩，”杰克说，“你和我要站起来，露西安，然后疯狂挥手，就站在火堆旁边。还有记住，无论我编什么样的故事，你都得支持我。菲利普，你和黛娜千万不要暴露自己。”

“他会把船停在哪儿呢？”黛娜很想知道，“噢，他直接向那条水道开过去了！他早就知道！”

“瞧，我就说吧！”杰克说，“没人会直接开向那条隐藏的水道，除非他早就来过这里。他极有可能就是那些开着大船来过的人中的一员。”

这确实是极有可能的，因为那个驾着船的人直接就驶进了那条小水道，仿佛他以前就来过一样。正当他靠近悬崖这边时，杰克和露西安站了起来冲他挥手。那人也冲他们挥手。

“现在，黛娜——你和菲利普顺着这些通往小港口的岩石爬下去，”杰克说，“那边有些大一些的石头，你们可以蹲下躲在后面，直到他把船停下后到这里找我们。如果我们这边失败了，那么你们必须跳上小船，准备出海。如果我们没有失败，那么一切顺利——我们就会有一个可以作为人质的俘虏——还有一艘可以逃生的船！”

“嘿——万岁！”菲利普说道，突然觉得兴奋起来。

“嘿——嘿——嘿！”琪琪边叫边飞到了杰克的肩膀上。她大概是自己去什么地方探险了——很有可能是去骚扰那些海鸥了，杰克心想。

"你也可以来凑热闹，琪琪，"杰克说，"注意不要说错话！"

"快去叫医生，"琪琪郑重地回应道，"医生砰砰砰！"

"他进那条水道了，"菲利普说，"快过来，黛娜——我们得藏好了！祝你们好运，杰克、露西安！"

第20章
哈瑞斯·提勃朗先生大吃一惊

那个人熟练地把汽艇开进了"幸运星"号被撞成碎片的那条狭窄水道。他发现一截断了的绳子仍旧绕在一块礁石上，于是困惑不解地盯着看。

黛娜和菲利普正躲在悬崖上更远处的两三块大石头后面。由于害怕一旦伸出头偷看就会被发现，所以他们看不到这个人正在干什么。

杰克和露西安在悬崖顶上等待着。露西安很是紧张。"我的膝盖不听使唤。"她跟杰克诉苦。杰克笑了起来。

"别担心。振作点，膝盖！现在——他过来了。如果你不愿意，一个字也不用说。"

那人顺着岩石形成的阶梯爬上了位于悬崖顶端的那个裂口。这是个瘦瘦的家伙，甚至有些弱不禁风，两腿细长。他穿着短裤和套头衫。他被太阳晒得很黑，皮肤都起了泡。

他长着两撇薄薄的八字胡，高额头，发际线很靠后。他戴着一副颜色很深的墨镜，所以几乎看不到他的眼睛。"他看起来一点也不让人害怕。"杰克心想。

"哈啰，哈啰，哈啰，"那人跟孩子们碰面时招呼道，"我很惊讶这座岛上居然会有人。"

"谁告诉你的？"杰克立刻问道。

"噢，没人，"那人说，"我看到你们的烟了。你们在这儿干什么呢？是在露营还是什么吗？"

"算是吧，"杰克轻描淡写地说道，"你为什么会来这里呢？"

"我是个鸟类学家，"那人很认真地说道，"当然，你大概不知道这是什么意思。"

杰克在心里笑了起来。考虑到他和菲利普认为他们自己也算是挺不错的鸟类学家，这让他觉得很好笑。但是他不会让这个人知道这一点的。

"鸟、鸟类、鸟类学家？"他天真地说道，"那是什么？"

"这个嘛，小伙子，就是研究鸟类生活的人，"那人说道，"热爱鸟的人，想尽自己所能了解鸟还有它们的生活方式的人。"

"这就是你为什么来这里吗——来研究鸟？"露西安问道，她觉得自己也应该说点儿什么。她的膝盖不抖了，也听使唤了，现在她发现这个人一点儿也不可怕。

"是的。我之前来过这座岛，很多很多年以前了，在我还是个小伙了的时候。"那人说道，"不过我还是想再来一次，虽然找到它费了我一番工夫。看到你们的烟升起来让我很惊讶。那是做什么用的？在玩遭遇船难的水手游戏还是什么吗？我可知道孩子们是什么样的。"

很显然，这人对孩子知之甚少，而且认为这两个孩子远比他们实际年龄小。"他待会儿就会开始给我们背诵'蛋头先生'

了。"杰克心想，偷偷地笑了起来。

"你知道很多关于鸟的事吗？"杰克说道，没有回答那个人的问题。

"啊，我不太了解海鸟，"那人说，"这也是为什么我再次来到这些岛上。我更了解普通的鸟。"

"啊哈！"杰克心想，"他这么说是因为担心我会问他一些关于这里的鸟的问题吧。"

"我们有两只驯服的海鹦，"露西安突然说道，"你想看看它们吗？"

"噢，我很想，亲爱的，我很想，"这人说着，冲她微笑着，"顺便说一下，我的名字是提勃朗——哈瑞斯·提勃朗。"

"踢波浪？"露西安咯咯笑着说，觉得对这个步伐古怪、走路装腔作势的人来说，这可真是个好名字。杰克听了也想笑。

"不，不——提勃朗，"哈瑞斯满面笑容地对露西安说，"你叫什么名字？"

"我叫露西安，"她说，"我哥哥叫杰克。你要来看海鹦吗？往这边走。"

"我还想见见负责照管你们的人，"哈瑞斯·提勃朗先生说，"还有——呃——你们的船在哪儿？"

"在一场暴风雨里被撞碎了。"杰克严肃地说。提勃朗先生发出了同情的啧啧声。

"太可怕了！那你们要怎么回家呢？"

"小心，"杰克说着，在哈瑞斯差点要掉进一个海鹦洞时拉了他一把，"这地方都被海鹦挖空了。注意脚下！"

"我的天啊——这么多鸟！"哈瑞斯·提勃朗说着，呆立原地。他一直全神贯注于礼貌的交谈，看起来都没注意到这片令人惊异的海鹦栖息地。给他再打一个叉！杰克才不信一个真正的鸟类学家会在走到这群海鹦中间时不发出惊叹声。

"不可思议！太令人震惊了！我从未曾见过这么多鸟儿在一起，"哈瑞斯说，"还有悬崖上那成百上千只。天啊，天啊，天啊！你的意思是说你们真的有两只驯服的海鹦？我简直不敢相信。"

"它们是菲利普的。"露西安说完，恨不得咬掉自己的舌头。

"我记得你说过你哥哥叫杰克。"哈瑞斯怀疑地问。

"她一定是弄错了。"杰克脱口而出。他们现在已经非常接近那个地下洞穴的入口了。当心一点吧，哈瑞斯·提勃朗先生！

露西安开始紧张起来。假如这个"踢波浪"，或者管他什么名字，没有在杰克绊倒他时掉进洞里呢——假如他反过来制住了杰克呢？假如——嗯，假如他有一把左轮手枪呢？他看起来不像是那么孤注一掷的人，但是你永远都不知道。露西安盯着他短裤的口袋，想看看自己是不是能看出某个像左轮手枪形状的鼓包。

但是他的口袋鼓鼓囊囊地塞了好多东西，根本看不出什么来。杰克用肘推了推露西安，"让让路。"他用很低的声音说道。露西安听话地落到了后面，她的心脏跳得飞快。

杰克走到了那个洞的入口处。一根树枝像平时一样标记着那里，因为不做些什么路标的话真的几乎找不到它。哈瑞斯也顺着走过来，他透过那副深色墨镜看起来有些近视——紧接着，让他

大吃一惊的是，杰克伸出一条腿，推了他一把，一下子把他给绊倒了。他摔倒在洞口旁边——然而在他站起来之前，杰克又猛推了他一把——然后哈瑞斯就直直地跌进了洞里，扑通！

杰克手里拿了一根结实的木棍，那是他从火堆旁边的那堆木头里挑的。他拨开帚石楠丛向洞里看去。在微弱的光线中，他能看到哈瑞斯·提勃朗坐了起来，还听到了他的呻吟声。

提勃朗抬头往上看，看见了杰克。"你这可恶的小子！"他生气地说道，"你这是什么意思？"

他的墨镜在这大头向下的一摔中掉了下来。他的眼睛看起来并不怎么凶恶。它们看起来反而挺软弱而且泪汪汪的。他捧住脑袋，好像受伤了一样。

"抱歉，"杰克说，"但非这么做不可。要么是你抓住我们——要么是我们抓住你。我们没必要再继续伪装了。我们很清楚你是属于哪个帮派的。"

"你在说什么？"那人叫道，站了起来。他的脑袋露出了洞口。杰克立刻举起了他的木棍。

"回去！"他恶狠狠地说道，"你是我们的俘虏。你们抓走了比尔，是不是？——好了，现在我们抓住了你。如果你胆敢爬出来的话，我就用这个敲你的脑袋。不信你可以试试。"

哈瑞斯慌忙退了回去。露西安看起来脸色苍白，

很是害怕："噢，杰克——他受伤了吗？杰克，你不会真的打他的，对吧？"

"我当然会，"杰克说，"想想比尔，露西安——还有我们可怜的'幸运星'号——我们会被困在这里都是因为这个家伙和他那些'好'朋友。你难道不明白如果他跑了出来回到船上，他们就会派来更多的人，不抓到我们不善罢甘休？别这么软弱！"

"好吧——可我不想看到你打他，"露西安说，"黛娜倒是不会介意，可我并不像黛娜。"

"听我说——你们能不能行个好告诉我这些胡言乱语都是怎么回事？"哈瑞斯喊道，"我还从来没听说过这种事！我来到一个鸟岛，据我所知，这肯定不是犯罪——你们两个孩子把我引到这儿来，绊倒了我，还把我推到了这个洞里。我的头伤得很重。现在你还说如果我试图出来的话，你就要敲我的脑袋。你们这些卑鄙无耻的小东西！"

"对此，我深感抱歉，"杰克再次说道，"但是除此之外我们无路可走。你知道我们的船没了——比尔也失踪了——我们总得想办法弄艘船。我们不能一辈子都待在这里。"

这番话让哈瑞斯感到惊讶和不安，不由得又站了起来。但一看到杰克的木棍他就又慌忙坐了下去："但是听我说——你们不会真的是在说要拿走我的船吧？我还从没听说过这么不要脸的事。等我找到负责照管你们的人，小子——你会挨上你人生中最厉害的一顿揍。"

第21章
哈瑞斯不喜欢海鹦之岛

"露西安——看看你是不是能瞧见菲利普或者黛娜，"杰克命令道，"菲利普估计应该在船上，准备在不得已的情况下发动引擎了——但是黛娜很可能在瞭望，看是不是有我们的信号。"

露西安站起身来，看见黛娜站的地方离这里有一段距离，她正在悬崖的裂口顶端焦急地等待着。没有看到菲利普。想必他是在下面的船上。

露西安使劲地挥着手。"一切顺利。我们把他困在洞里了！"她大声喊道。

黛娜也挥了挥手，接着消失不见了。她要把这消息告诉菲利普。很快，两个人再次出现，用最快的速度穿过海鹦栖息地，过来听他们说所发生的事情。

"我们抓到他了，"杰克骄傲地说道，"不费吹灰之力。他就在下面，咚！"

"谁在那儿？"哈瑞斯可怜巴巴地问道，"是有别的什么人吗？听我说——你们总得告诉我这儿到底发生了什么事吧。我简直一头雾水，就像是被扔到了茫茫大海上似的。"

"那是我们很快就要去的地方，我希望，"杰克咧嘴而笑，"就坐着你的船去！菲利普，来见见哈瑞斯·踢波浪先生。"

"天——那是他的真名吗?"菲利普说。

被激怒的提勃朗先生在洞里吼叫起来："我的名字是提! 勃! 朗! 我谢谢你们记住这一点。粗鲁的小孩! 你等着我告你一状然后接受惩罚吧。我这辈子还从没听说过这种行为。"

"你可不要因为他这么狂躁而责怪他，"杰克说，"他说他是个，是个——我说，踢波浪先生，你说你是个什么来着?"

"鸟类学家，你这愚昧无知的小子!"提勃朗先生喊叫道。

"天，那是什么?"菲利普天真地说道，其他人都咯咯笑起来。

"放我出去。"提勃朗先生命令道，他的脑袋小心翼翼地靠近了洞穴的入口，准备着有必要的时候随时把头缩回去。

的确是有这个必要。"喂，"杰克说道，他被惹恼了，"你是不是想让我给你头上狠狠地来一下才明白我说的话的意思? 我会这么做的! 我不想这样，但是我会这么做! 我敢说你们在抓住老比尔之前肯定也揍了他几下。以牙还牙，以眼还眼。"

"你在说些莫名其妙的话，"哈瑞斯用一种令人厌恶的声音说道，"我觉得你们一定是疯了。你的意思是说你们这些孩子独自待在这个岛上吗? 你说的话我一个字也不信。你去让负责照管你们的人过来跟我说话。如果你以为我还会在这儿再多待一会儿，那你就大错特错了。我这辈子还从没遇见过这么令人讨厌的小孩。我猜你们就是在扮演'小淘气威廉①'。呸！"

这可是个令人愉快的动静。一直惊喜而又陶醉地听着这场热烈对话的琪琪，现在也加入了。

"呸！噗！呸！砰！"

她飞到了洞的边沿往里瞅。"呸！"她又一次叫道，接着嘎嘎地大笑起来。

哈瑞斯又陷入了一阵新的恐慌中。他抬头向上看去。在洞口的真的是一只鹦鹉吗？——用那么粗鲁的方式对他说着"呸"和"噗"？

"那是——那就是你们告诉我的驯服的海鹦中的一只吗？"他不确定地问道。

"我以为你是个鸟类学家呢，"杰克用嘲讽的语气说道，"琪琪是只鹦鹉。我本以为任何人都知道的！"

"可是——一只鹦鹉怎么会生活在这里？"哈瑞斯说，"它又不是海鸟。噢，这一切都是一场梦。但这是一场多么愚蠢的梦！"

正在这个时候，一只海鹦从和洞穴后面贯通的一个巢穴入口下来了。

"啊噢噢噢噢噢噢！"它用一种低沉的喉音宣布自己的到来。提勃朗先生猛地跳了起来。在昏暗的洞穴中，他能看到的

---

① 小淘气威廉，是英国作家里奇马尔·康普顿创作的儿童短篇小说"威廉·布朗"系列中的主人公。

就只有一只凶巴巴的眼睛和一张色彩绚烂的大嘴。

"走开，"他虚弱地说道，"嘘！"

"嘘！"琪琪在洞口边兴高采烈地叫道，"呸！噗！嘘！啊噢噢噢噢噢噢噢噢！"

"你们全都疯了，"可怜的哈瑞斯说道，"我猜我也疯了。嘘，我警告你！"

那只海鹦又叫了一声"啊噢噢噢"，便回了自己的巢穴里。根据那几声传到洞里的"啊噢噢噢噢"，它已经做出了判断。现在它要回去跟配偶讲讲这个刚刚在洞穴里看到的古怪的海鹦人。

"现在我们抓到他了，接着要怎么做？"菲利普低声说道，"我猜他的确是个敌人？我的意思是说，——他听起来真的挺蠢的，不是吗？"

"这是这个聪明计划的一部分，"杰克说，"他不是鸟类学家。他一定是被告知要打扮得像个傻瓜，还要表现得蠢兮兮的。有些鸟类学家的确挺傻的，你知道的。我们见过这样的人。不过，这一个也真是太蠢了点儿——他是表演过头了，如果你明白我的意思的话。他并没有左轮手枪可真是让我松了一口气。我一直都很害怕呢。"

"没错，我也是。"菲利普也坦承道，"说不定船上有一支。我倒是希望有。说不定以后用得着呢。那么，我们现在要做什么？"

"你们觉得他能听见我们说的话吗？"露西安说道，看起来惶恐不安。

"不，如果我们像这样低声说话的话就不能。"菲利普说，"杰克，那艘船很不错。比'幸运星'号小一些，不过有个小船舱，很容易就能把我们都装下，还能装些食物。"

"船上有桨吗？以防万一我们需要关掉引擎，悄悄划到岸边的某个地方。"杰克问道。

"有，"菲利普说，"我留意到这些了。你有什么好计划吗，杰克？我一直在思考，但是我唯一能想到的就是乘船出海——但是去哪里我不知道。我们不光是要逃离——而且是要逃到某个地方去，还要避免才出龙潭又入虎穴。我们最好得快点了，因为如果亲爱的老伙计踢波浪没有很快带着消息回到帮派里的话，他们会派更多的人来这儿的。"

"没错，我也想到这些了。"杰克说，女孩们也点着头，"问题是——我们是应该试试到那些外岛去，找个有渔民住的小岛以寻求帮助呢？还是试试回到大陆去？又或是去寻找比尔？"

一阵沉默。每个人都在努力思考着。露西安先开了口。

"我赞成去寻找比尔，"她说，"不管怎么说，我们可以先试试这个——之后如果不成功的话再去找个安全的地方。但是我确实认为我们应该先试试去寻找比尔。"

"好样的，露西安，"杰克说，"我也是这么想的。现在再来做些其他计划吧。"

哈瑞斯·提勃朗突然再次吸引了他们的注意力。"不要、不要、不要再说了，"他焦躁地喊叫道，"我快饿死了——也快渴死了。如果你们打算让我饿死的话，就直接说吧。但是起码让

我知道一下啊。"

"我们没打算饿死你。别那么蠢了。"杰克说，"露西安，去打开一些罐头给他。再给他扔下去一些饼干。黛娜，去找个盒子从水池里舀点儿水。"

"好的，首领。"黛娜咧嘴而笑，去了石头水池那里。他们递给哈瑞斯满满一盒水，还有一些罐头和饼干。他开始狼吞虎咽起来。看到食物孩子们也觉得饿了。

"我们也来大吃一顿吧，"菲利普说，"要不要我接班拿着木棍守着洞口，杰克？"

"好，"杰克说，"不过记住——如果他敢露出哪怕一根头发来，就狠狠地敲他一下。"

这话是用非常响亮的声音说的，以确保哈瑞斯也听到了。但是哈瑞斯没有吭声。显然，他现在宁愿等待时机。

孩子们很快吞掉了一罐鸡肉，还吃掉了没有加热过的罐装豆子，以及一罐配着罐装奶油的水果沙拉。他们吃的时候都是喝着水池里的水咽下去的。

"好极了，"杰克说着，舒服地叹了口气，"我感觉好多了。食物对人来说是多么美妙！"

"如果我吃的和你刚才吃的一样多的话，我肯定会不舒服的，"黛娜说，"你简直是一只贪吃猪。你吃的东西比别人多两倍。"

"我忍不住啊，"杰克说，"我也比别人饿两倍。那么现在——小点声——我们来制订一下计划。"

"我们要不要晚上动身？"菲利普低声说道。

"不，"杰克马上说道，"即使有月光，我们也不可能看得见路。我们最好明天一早就出发，黎明就走。但愿老伙计踢波浪那时候还在睡觉，这样我们就能在没有他妨碍的情况下开个好头。"

"没错——我们全都去船上的时候，这个洞就无人看守了。"露西安说。

"我想到这一点了，"杰克说，"你们三个可以先去船上，带上食物，还有我们的衣服和毯子——把一切都准备好——然后，等你们准备出发的时候，冲我喊一声，我就会狂奔过去跟你们会合。你们可以让黛娜到悬崖顶上的那个裂口处跟我挥手。"

"等哈瑞斯意识到已经没人守着准备敲他脑袋的时候，我们已经坐上他的船出海了！"黛娜说，这想法让她很开心，"可怜的老哈瑞斯！我真为他感到难过。"

"我不，"杰克无情地说道，"如果他是比尔的敌人，那他绝对也是我的敌人。这一切都是他应得的——说实话，除了被困在洞里，他也没什么可抱怨的。我不会把他关在里面的，等离开的时候，我想我们会先留些食物在那儿。就算我们一走他就出来了也不要紧。而且我觉得用不了太久那个帮派的其他人就会来查看为什么他还没有回到他们的老窝去——不管那老窝是在哪儿！"

"试着去寻找比尔这事看起来会有点白费力气啊，毕竟有这么多的岛等着我们去找，"菲利普说，"不过无论如何，如果我

们不试试看的话我会觉得不安心的。"

"我也一样，"杰克说，"在经历其他冒险的时候，比尔经常会来营救我们。现在该我们去营救他了——如果我们能找到他的话。毫无疑问，我想敌人已经把他带到了他们位于某座岛上的总部。"

"你们不觉得我们今天晚上就把所有的东西都准备好会是个好主意吗？"黛娜突然说道，"你们知道——把所有的食物搬到船上——还有毯子、衣服和其他东西——这样明天早上就不用浪费哪怕一分钟时间来做准备了。你说过你想黎明时就动身的。"

"是的——这是个好主意，"杰克说，"如果你愿意的话，菲利普，我现在可以接班拿着棍子守在洞口——你去帮助女孩们把东西搬到船上去吧。抓到像那样一个家伙多走运啊！我必须得说我觉得咱们一直还是很聪明的。"

"呸！"琪琪叫道，"噗！呸！"

"很遗憾，你并不赞同，老伙计，"杰克说，"非常遗憾。不过我还是觉得我们就是一直很聪明！"

"我们最好留些食物给踢波浪，是不是？"黛娜问道，"我的意思是——我知道那个帮派大概一两天就会过来查看他到底发生了什么事——但是在他们来之前他还是得有些东西吃的。"

"是的。给他留些罐头和一个开罐器吧，"杰克说，"还有，菲利普，船上有没有他的毯子之类的？"

"有，"菲利普说，"等我把食物搬到船上去之后，我就把它们拿过来。我们可以把东西扔下去给他。我觉得我们对待敌人实在是太好了。"

哈瑞斯可不这么想。过了一会儿之后他又觉得烦躁了，开始在洞里疯狂地大喊大叫。

"这已经很长时间了。让我出去，你们这些小恶棍！等你们落到我手上咱们再走着瞧！我要知道这到底是什么意思！"

"噢，不要再装了，哈瑞斯·踢波浪先生，"杰克厌烦地说，"我们是敌人，我们彼此都是，你心知肚明。你松松口，告诉我比尔在哪儿还有其他一些事情。如果你这么做的话，说不定最后能更轻松地离开这里。"

"你一直在说的这个比尔是谁？"哈瑞斯用一种恼火的语调说道，"听我说，你们是在玩什么海盗或者土匪游戏吗？我还从来没听说过任何人被一群恶毒的小孩像这样当作俘虏关在一个洞里！"

"是啊——我也从来没听说过，现在想起来真的很有趣，"杰克说，"好了，亲爱的哈瑞斯，如果你不打算坦白我们都心知肚明的事情的话，那就保持安静。"

"呸！"哈瑞斯说，被气得说不出话来。

"呸！"琪琪马上叫道，走到了洞穴入口处。她往下瞅着。

"呸！捣蛋鬼！砰！去追黄鼠狼！我告诉过你多少次了要关门？天佑吾王！呸！"

提勃朗先生惊恐地听着。他是真的疯了吗？那可能是一只鹦鹉在如此粗鲁地跟他说话吗？

　　"我要拧断那只鸟的脖子。"他恶狠狠地说道，站起身来。

　　"请按门铃！"琪琪说道，又爆发出嘎嘎的大叫声。接着她又把脑袋伸了进去，发出火车头在隧道中的尖啸声。这声音在下面的洞里绝对算得上震耳欲聋。哈瑞斯摔倒在地。

　　"疯了！真是疯了！全疯了！"他咕哝着，把头埋进两只手里，不再说一句话。

第22章
敌 人

　　三个孩子在呼呼和噗噗的陪伴下，搬着食物、毯子和衣服，在"沉睡谷"与汽艇之间来来回回地往返了好多趟。菲利普从船上带回了一堆毯子，把它们塞进了洞口。毯子落到可怜的哈瑞斯身上把他给盖了起来。哈瑞斯被吓了一大跳，但过了一会儿就欣喜地发现其实是俘房他的人给了他些温暖软和的东西好躺在上面。

　　他把这些东西垫在自己身子下面。啊，这下可舒服多了。他开始一心盘算着自己一旦自由了要对那些小孩做的所有事情。

　　最后所有的东西都被搬到了汽艇上，做好了早早出发的准备。现在天色越来越暗了。菲利普、露西安和黛娜都过来坐在杰克身边。

　　"我想我们中必须得有人一整晚都守在洞口，以防哈瑞斯逃跑，对吧？"菲利普悄声说道。杰克点了点头。

　　"是的。我们把一切都准备妥当了，不能在这时冒险让他跑出来。你来值第一班岗，菲利普。我们就不让女孩们来看守了，因为我很确定如果哈瑞斯的脑袋冒出来，她们不会喜欢狠狠敲

他一下的。"

"我会!"黛娜愤愤不平地说道，"露西安很温柔，我可不。"

露西安什么也没说。她确信自己不会喜欢狠狠敲打哈瑞斯的。反正男孩们已经决定了只由他们来看守，所以也没什么关系。

太阳已经沉到了海里。天空缀上了最初的几颗星星。孩子们舒适地躺在帚石楠丛中，低声交谈着。哈瑞斯没有发出任何声音。也许他睡着了。

菲利普的三只小老鼠，眨眼间已经长得很大了，它们跑出来嗅着夜晚的空气。黛娜立刻起身走开了。呼呼和噗噗目不转睛地盯着小老鼠们。琪琪先是打了个哈欠，接着打了个喷嚏，然后用一种非常做作的方式咳嗽起来。

"闭嘴吧，琪琪，"杰克说，"如果你想练习你那些让人糟心的噪声，到悬崖上给那些海鸥和海雀听去。"

"啊噢噢噢噢!"呼呼严肃地叫道。

"呼呼也赞同我。"杰克说。

"呸!"琪琪叫道。

"呸你自己吧，"杰克说，"现在闭嘴吧，琪琪，闭嘴。这是个美妙的夜晚。别用你的'呸'和'噗'把它糟蹋了。"

他话音刚落，从海上很远的地方传来了一阵噪声——一开始声音很小，在海浪声和风声之中几乎都听不到——但是过了一会儿就变得非常清晰了。

"一艘汽艇!"杰克说着，坐直了身子，"现在到底是怎么……"

"他们已经来找哈瑞斯了吗？"菲利普低声说道，"见鬼！这完全打乱了我们的计划！"

漆黑一片的海面上什么也看不见，但是那声音越来越近。杰克抓住菲利普在他耳边低语。

"现在只有一件事能做了。我们必须现在马上就到船上去——然后出海。我们决不能让敌人看到水道那里的船，否则他们会把它抢走，而我们唯一的机会也就没了。来吧，快点！"

四个孩子悄无声息地站起身来。琪琪飞到了杰克的肩膀上，没有发出一点儿声音。本已回到巢穴里的呼呼和噗噗又钻了出来。它们在行色匆匆的孩子们身边飞着，甚至没有冲彼此发出"啊噢噢噢噢"的叫声。

他们穿过海鹦栖息地，跌跌撞撞地在数以百计的巢穴之间行进，沿着悬崖的小斜坡一路向上，穿过岩石中间的裂口，顺着岩壁向下。要小心，要小心！他们跳上摇晃的小船，每个人都气喘吁吁，心如鼓擂。

"开船。"菲利普发出指令，杰克发动了引擎。菲利普解开了缆绳，它滑到了船里，掉在女孩们的脚边。不一会儿他们就轻轻地向后，从那条小小的水道撤了出来。

很快，他们就完全离开了水道。菲利普向东边开了一小段。天已经快完全黑下来了。

"我们要把引擎关掉。"菲利普说，"然后在这儿等着，直到另一艘船进入那个水道。我估计他们会那么做的。我可不想跟

那艘船撞个正着。那船上的人可能会听见我们引擎的声音。”

引擎被关掉了，汽艇随着从艇身下奔涌到岩石峭壁那边的海浪轻轻地上下摇晃着。

另一艘船的引擎声现在听起来非常响。菲利普真希望他刚才能把船再开远一点。但是那艘大一些的船并没有停留，而是径直驶进了那个隐秘的港口里面。孩子们蜷伏在船里，使劲瞪大眼睛，也仅仅只能辨认出一个黑影。

另一艘船的引擎也被关掉了，夜晚重归宁静。一些被惊扰到的海鸟，发出几声尖厉的鸣叫，又飞回了它们在岩壁上的栖息之处。

“哈瑞斯一定很高兴自己被救出来了。”黛娜最后说道。

“是啊，他可能已经从洞里爬出来了，”杰克说，“他很快就会发现我们已经走了。我敢肯定等他们知道我们是怎么困住了可怜的哈瑞斯时，一定会破口大骂——而且，天哪，等他们发现我们还把他的船抢走了……”

“啊噢噢噢噢噢！”一个低沉的声音从甲板的栏杆那儿传来。

孩子们在黑暗中被吓了一跳。“噢——那一定是呼呼或者噗噗，”菲利普高兴地说道，“真想不到它们跟我们一起来了。我觉得它们实在是太友好了。”

“它们太贴心了。”露西安说着，向呼呼伸出了自己的手。两只海鹦都在这儿，在黑暗中并排坐在一起。琪琪也飞过去加入了它们。

"我们现在该怎么做？"黛娜问道，"我们能在黑暗中航行吗？说不定我们会撞到礁石，把船撞沉的。"

"我们必须待在这里直到第一缕曙光出现，"菲利普说，"然后我们就动身，但愿岛上那些人不要听见我们的引擎声后来追我们！"

"我们会有个好的开始的，"杰克说，"那么，既然我们要待在这里，小睡一会儿怎么样？船锚在哪儿？我们要不要把它放下去？我可不喜欢整个晚上都在海浪的摆布下随波逐流。"

趁男孩们在忙的时候，女孩们铺好了毯子、防水雨衣还有运动衫。这是个温暖宜人的夜晚，没人介意睡在外面。

"我们头顶上的是星星，而不是天花板或者帐篷顶，实在太美妙了。"露西安边说边舒服地躺了下来，"不知怎么，我一点儿也不困。我想是因为太兴奋了吧。我已经习惯这次的冒险了。啊，不用非得敲哈瑞斯的脑袋真是让我太高兴了！不然我肯定会一直做梦梦见的。"

他们躺了一会儿，说着话。孩子们都感到非常清醒。呼呼和噗噗似乎也是醒着的，因为它们时不时就会冲彼此"啊噢噢噢"叫几声。琪琪待在杰克的脚边。

她也清醒得很，开始哼唱起自己知道的童谣来："矮胖子，布丁派，叮当铃声响，搂住他的脖子！"

"闭嘴！"杰克说，"我们正准备睡觉呢，你这烦人的鸟！"

"我希望呼呼和噗噗能留在我们身边，"露西安说，"如果我们能把它们一起带回家的话不是太棒了吗？"

"闭嘴！"琪琪叫道，然后嘎嘎叫起来。

"鹦鹉可不准这么说。"杰克严厉地说道，坐起来准备轻拍一下她的嘴巴。可是她已经敏捷地把头藏到了翅膀下面，所以他没拍成。

"狡猾的家伙。"杰克说道，然后听见琪琪的翅膀底下传出一声微弱的"呸"。

就在露西安刚刚要睡着的时候，其他人突然一下子坐了起来，以至于她也猛地清醒过来。"怎么了？"她刚问完，就明白发生了什么事。

另一艘船的引擎声再次响了起来。露西安跟其他人一起坐起身来，她的眼睛在黑暗中使劲地张望着。

"他们一定是找到了哈瑞斯，听了他的汇报，然后所有的人都回到了船上。"杰克说，"很显然，他们并不打算在这儿过夜。看——他们过来了——天哪，这次他们把灯都打开了。"

"杰克——杰克！他们这是要回他们的总部去，"菲利普急切地说道，"咱们跟上他们吧。把船锚收上来，快点。他们不会听到我们的引擎声的，因为他们自己的引擎也很吵。来吧，咱们跟上他们！他们会把我们带到比尔所在的地方去！"

那些人的汽艇从水道出来时掉了个头，然后向大海的方向驶去。没过多久孩子们的船也循着那艘大船的尾迹出发了。孩子们听不到另一艘船的引擎声，因为他们自己的引擎声很大，而且他们知道出于同样的原因那些人也听不到他们的声音。

呼呼和噗噗依旧在甲板栏杆上一动不动。很显然，孩子们去哪儿，它们就跟着去哪儿。露西安觉得有这样坚定而又忠诚的朋友真是太好了，虽然它们只是海鹦而已。琪琪又站在了杰克的肩膀上，她的嘴巴迎着风。

"全体上船，"她一直在说，"全体上船。呸！"

前面的船飞快地向前行驶。由于亮着灯，所以它很容易被追踪。孩子们一语不发地迎着风站着。露西安先开了口。

"这场冒险变得越来越惊险了，"她说，"啊，天哪——真的是这样！"

第23章
潟湖的秘密

两艘船在海上行驶了很长一段时间。"这是冒险的海洋！"露西安心想，"任何事都有可能在这里发生。噢，我真希望我们能找到比尔。我们跟他在一起的时候似乎总不会有事。"

"你们女孩最好睡一觉，"杰克终于开口说道，"你会给累坏的。我和菲利普会保持清醒，轮流掌舵。你们躺下睡觉吧。"

于是女孩们就躺下了，没过多久两个人都睡着了，还因为船的摇摆晃动而梦到了秋千和吊床。

过了很长一段时间，杰克对菲利普说："'草丛头'——你看到那边一闪一闪的灯光了吗？我觉得那一定是某种信号。前面的船正在向它靠近。我希望咱们的旅程即将结束，因为月亮很快就会升起来了，我们可能会被发现的。"

"那灯光一定是在给船导航——也或者是在给飞机导航，"菲利普说，"见鬼，是月亮！——从云层后面出来了。还好，月光不是很亮，算是件好事。"

借着月光，男孩们能够看到一座岛屿在船的前方隐隐显现出轮廓。左边还有另一座岛屿，距离第一座岛大概两三英里的样子，或者说对于男孩们来说是这样。

"听我说，杰克——我们可不想就这么直愣愣地以身犯险，"菲利普说，"如果我们就这么跟着第一艘船直接开向它所去往的那个岛的话，就是羊入虎口。我觉得最好还是先去另一座岛，那边那座，瞧——月光可以让我们看得足够清楚，去找个小海湾上岸。我们俩可以把这艘船拖到一个安全的地方去。"

"说得对。"杰克说着，掉转了船舵。现在他们不再跟着前一艘船了。那船很快就看不见了，可能现在已经安全地待在某个小港口里了。他们自己的船驶向了更远处的那座岛。等到达那里时，他们的眼睛已经适应了月光，可以很清楚地看到一切。

"看起来没那么多石头，"杰克边说边慢慢地将船驶近，"没错——全是沙子和细砾。我要把船直接开到这个海滩上，菲利普。准备好，等船一停你就跳下去。"

女孩们醒了过来，从裹着自己的毯子和衣物里爬了出来。杰克把船直接开上了铺满砾石的海滩。小船扎进了细砾石之间，停了下来。菲利普跳了出来。

"一点儿也推不动啊。"当他和其他人试图把船再往前拖一拖时，菲利普气喘吁吁地说道，"我们把船锚扔下去，就让它待在这里吧。现在差不多退潮了，我们蹚水过去把船锚抛下去好了，再把船推一下——如果大海风平浪静的话，那样就没问题了。"

男孩们这么干了之后就躺在砾石滩上大口地喘着气。他们俩都筋疲力尽了。他们躺在那儿的时候就差一点睡过去。

"起来，男孩们，"黛娜最后还是说道，"带些毯子，去找个

避风的地方。你们已经快要睡过去了。"

"嗯，反正直到明天早上我们应该都是安全的。"杰克说着，跟跟跄跄地跟着其他人往海滩上走去，他在路上都快睡着了，"没人知道我们在这儿。又一座鸟岛，我猜。"

他们来到一座低矮的悬崖边。露西安看到悬崖脚下有个黑乎乎的山洞。"打开你的手电筒，"她对菲利普说，"我们也许可以在这里睡觉。"

这是个小山洞，地上铺着柔软干燥的沙子。闻起来有点海草的味道，但是根本没人在意这点。他们把毯子拖了进去，就地躺下。呼呼和噗噗蹲伏在山洞入口，就好像它们自己是守卫一样。

男孩们的脑袋刚一挨到毯子就睡着了。女孩们也是这样。很快，除了平躺着的杰克微小的鼾声，就什么声音也听不到了。琪琪在一片黑暗中查看着他的脸，想找出为什么她挚爱的杰克会发出这种小小的古怪噪声，不过她马上就决定这不值得操心了。她蹲坐在他的肚子中间，也睡着了。

第二天早上，呼呼和噗噗向菲利普走过去，重重地压在他身上。"啊噢噢噢噢！"它们叫道，意思是说，"快点，起床了！"

菲利普醒了过来。"下去，"他说道，"别学琪琪的坏毛病，呼呼、噗噗。噢，我要说——谢谢你们的鱼——但是不要把它们都放在我的胸前，呼呼！"

呼呼一直在潜水捉鱼。现在它张开闭上嘴巴好几次，把鱼小心地摆在菲利普身上，用它唯一的语言，以一种低沉而满足的声音叫道："啊噢噢噢噢噢噢噢噢噢噢！"

孩子们知道了呼呼早上送来的礼物之后都笑了起来。他们揉了揉眼睛，决定去海里清洗一下身体，因为每个人都觉得自己脏兮兮的。

"然后我们吃早餐，"杰克说，"天啊，我希望我不要总是这么饥肠辘辘的。我说，这是个相当不错的小岛，不是吗？看，你们可以在那边的地平线上看到敌人的岛屿。不知道比尔是不是在那里。"

"吃完早餐后我们可以去这座岛的最高点，好好查看一下周围的情况，"菲利普说，"我们先去船上拿些吃的吧。"

船随着上涨的潮水浮在了海面上。孩子们不得不游到船上去。他们在船上翻找着食物——当露西安正在找一罐她知道自己已经放进来的三文鱼时，一个意外发现让她大叫了一声。

"我说，快来看！——一台无线电！你们觉得这会不会也是一个发报机和接收器？我们能用它发送信息吗？"

"不知道，"杰克边说边查看着，"这跟比尔的一点也不像。如果我们知道就好了！话说回来，就算我们能用它发送信息，我也不懂该怎么做。我估计这只是一种便携式收音机。来吧，让我们先吃早餐。哟，太阳真热。"

四个孩子在船上美美地饱餐了一顿，和呼呼、噗噗、琪琪还有三只小老鼠一起分享了他们的早餐。"现在，接下来呢？"杰克说，"我们要不要爬上这座岛的最高点，看看我们周围什么样子？"

"好。"其他人说道。于是，将船留在原地，他们爬上了那

个低矮的悬崖，来到了后面野草丛生的地方。它不像海鹦之岛那样到处盛开着帚石楠，也没有很多鸟儿栖息在这里。

"真有意思。你还以为在这样一个挺不错的小岛上应该会有不少鸟儿呢。"杰克说，"看，岛的另一边有一座小山！——我们爬上去吧。"

他们爬到了小山的最顶端——惊奇地站住不动了。在他们面前的是一个潟湖，水平如镜，闪烁着蓝色的光芒。它位于两个岛屿之间，但岛与岛又被宽阔的条状礁石连接在了一起，将整个潟湖围在其中，所以也没法说它到底是属于哪座岛屿的。礁石彼此堆叠在一起，在一些地方甚至高如悬崖——而在它们之间就卧着这片美得令人难以置信的咸水湖。

"看那儿！"杰克惊叹道，"我们看到过不少美景——但从来没有一个像那个蓝色的潟湖那么美丽。简直不像是真的。"

但它的确是真的。它在他们下方延展了大约一英里半，被遮蔽和保护得如此之好，以至于没有一丝涟漪打破它平静的蓝色水面。

接着发生的一件事更让孩子们吃惊不已。他们听到了一架飞机低低的轰鸣声，然后看见它向他们飞了过来。杰克把大家拉下来趴好，以免他们被发现。飞机飞过了潟湖，在飞的过程中，有什么东西从上面掉了下来——一个展开的、翻腾着白色的、下面还绑着其他什么物件的东西。

孩子们惊奇地看着。各种各样荒谬的事情在他们的脑海中闪过——这是个科学实验吗？——炸弹——原子弹——到底是什么？

一个小小的降落伞打开了，晃晃悠悠地向着潟湖落下去。它下面的包裹被缠绕在什么闪闪发光的东西里面——"某种防水材料。"杰克心想。它碰到了水面，然后消失了。降落伞在平静的水面上铺展开来，一动不动地躺着。但在孩子们看来，它就好像是溶解了一样，最终也消失在了水里。

"看——那架飞机又在潟湖上方盘旋了。它又要再扔一个下来。"菲利普说。他们都看着那架飞机又扔下一个降落伞，同样的事情又发生了一遍。

未知的包裹漂在水面上，几分钟之内就踪迹全无了。第三个包裹被扔了下来，那架飞机再次盘旋了一圈，就掉头离开了。很快，它就消失在了远方。

"好吧，把东西扔进这个潟湖里，到底是在干什么？"杰克惊奇地说，"这事儿多么奇怪啊！那些降落伞运载的巨大包裹里面到底装着什么东西？"

"还有为什么要把它们扔到这个潟湖里？"黛娜疑惑地问道，"这看起来很傻啊。他们是想扔掉什么东西吗？这样做也太奇怪了！"

"让我们把船开到那个潟湖里去瞧瞧是不是能看到下面吧。"露西安说。

"那你觉得我们要如何进入那个潟湖呢，傻瓜？"杰克说，"没有船能开进那片水域——除非船被拖着越过环绕在周围的屏障和礁石。"

一个小小的降落伞打开了，晃晃悠悠地向着潟湖落下去。

"是啊——当然——我真是太傻了！"露西安说，"但是我真希望我们能去那水下面看看——并找出那片蓝色深处所隐藏的秘密。"

"啊噢噢噢噢噢！"呼呼和噗噗叫道，接着，它们的翅膀快速扇动起来，往下飞向那片潟湖，就仿佛是在说，"你们想去那儿？瞧，这很容易啊。"

它们漂浮在那片潟湖之上，看起来是特别小的两个点儿，然后潜入水中捉鱼。孩子们望着它们。

"我看不出有什么理由让我们不能去那儿游个泳，"杰克最后说道，"我们可以游过去，然后潜到水下看看能不能有什么发现。这可说不定！"

"好，那我们现在就去吧，"黛娜急切地说道，"我觉得我必须得弄清楚这一切到底是怎么回事。这是个最古怪的秘密了，我必须得说！"

四个孩子开始向小山下面爬过去。他们越向下，地上越是岩石林立，不过好在大片的海石竹花丛让他们脚下的路变得比较柔软。他们最终到达了那片平静的蓝色水域的边缘。

他们脱下衣服进入水中。水非常暖和，就像柔软的丝绸一样在他们的手臂处荡起涟漪。他们慢慢游着，露出的肩膀享受着这片咸水湖以及阳光所带来的温暖。

"现在我要潜下去看看是不是能找到什么东西。"杰克说着，像只鸭子似的，向下潜去，越来越深，越来越深。他会在底下找到什么呢？

第24章
一个令人惊奇的发现

这片潟湖相当深。杰克没办法游到最底下，因为他不可能屏住呼吸那么久。他浮上了水面，大口喘着气。

"我能看到的就只有一堆银色的东西躺在水底。"他气喘吁吁地对其他人说，"除此之外，什么也没有。我没法直接潜到水底，因为我没有足够的气。"

"好吧，这也没什么用啊，"黛娜说，"我们想看到那个防水包装里面是什么东西——把它撕开，这样我们就能看到它装着什么。"

"我们没办法轻易地做到这一点，"菲利普说，"我打赌它被缝合得非常紧——或者用某种巧妙的方式被密封了起来。我下去吧，杰克——也许我可以靠得足够近去感觉一下里面有什么东西。"

"噢，天哪——千万小心，"露西安说，"你可不知道里面可能会有什么！"

"噢——不太可能是什么会吃掉我们的东西。"杰克咧开嘴笑起来，"琪琪，为什么你不来潜一下水呢？就像呼呼和噗噗那样——那你就能帮上点忙了！"

但是琪琪可不能苟同这种对游泳的热爱。她飞到了泡在水里的孩子们上方，试着偶尔停在某个光裸的肩膀上。呼呼和噗噗非常喜欢和孩子们一起待在水里，边在他们身边游泳和潜水，边发出低沉而满意的"啊噢噢噢噢噢"的叫声。

菲利普潜入水中，迅速向下游去，他的眼睛在咸咸的水里睁得大大的。在下方距离他很远的地方，菲利普看到了那团银色的东西，在潟湖湖床上微微地闪着光。他径直向它游过去，伸出手来触摸它。在包装下，他感觉到了什么很硬的东西。

之后，菲利普的气就用完了，他浮出水面，差点被憋到喘不过气来。他大口大口地吸着空气。

"我感觉到了什么很硬的东西，"他终于说道，"但是没法知道那是什么。见鬼！就这样身处一个谜题之上，却没有办法解开它，这不是太让人难受了吗？"

"我们只能放弃了，"杰克说，"我非常清楚我憋不住足够的气到下面去探查那个包裹。我会喘不过气来的。"

"我真讨厌放弃。"黛娜说。

"那好啊，你自己游到水下去，看看你能不能找到什么。"菲利普说。

"你知道我能憋气的时间甚至都没有你长，"黛娜说，"所以你这么说又有什么好处呢？"

"我要游回岸边去了，"露西安说，"那儿有一块很不错的石头，阳光充足，布满了海草。我要在那儿晒晒日光浴。"

她慢慢地向岸边游了过去。呼呼和噗噗就在她旁边潜入了水下。"我很好奇它们在水下游泳时是什么样子的，"露西安心想，"我真想看看它们是怎么抓鱼的。"

她转了个身，像鸭子一样潜入了水中。啊，呼呼在那里，用它的翅膀迅捷地从水中游过，追逐在一条大鱼后面。快啊，呼呼，要不然你就抓不住它了！

就在她准备再次游上去时，露西安注意到了她下面的什么东西。那里的潟湖还没有那么深，因为一堆岩石伸到了水里，使得那里变得比较浅，不过对于露西安来说还是深到了她的脚没法触底的程度。

这个小女孩迅速地扫了一眼，看看到底是什么东西在水下的这块岩石上，但是之后她的气就用光了。在快要喘不过气来的时候，她浮上了水面，大口呼吸着，拍打着水花。

等她再次喘匀了气，她又潜了下去——接着她意识到自己看到的是什么。其中一个降落伞包裹，没有落在潟湖的深水区里，而是落在了她下面的这片浅层岩床上。包裹被摔开了——它里面所有的东西都散落在了下面的岩石底部。

但是这些究竟是什么？露西安完全弄不明白。它们看起来奇形怪状的。她又一次浮上水面，冲杰克喊起来："嘿，杰克！有一个秘密包裹在这儿的岩石底部摔开了——但是我弄不明白里面是什么东西！"

男孩们还有黛娜十分激动地游了过来。他们全都鸭子似的潜入水中，向下潜去，向下，向下，向下。他们来到了那个银色包裹被摔破的地方，它正随着水流缓缓地上下起伏。在它周

围全是撒落出来的东西。

男孩们憋气憋得几乎快要爆炸了，迅速检查了一番之后猛地一下冲上水面，大口喘着气。

他们望着彼此，接着异口同声地喊了出来。

"枪！枪！很多枪！"

孩子们游到了那块阳光充足的岩石上，露西安正坐在那里，他们也爬了上去。

"真没想到！枪！他们到底为什么要把枪扔进这个潟湖里？他们是想把它们处理掉吗？为什么呢？"

"不。如果他们只是要扔掉的话，就不会这么仔细地把它们包在防水材料里面了，"菲利普冷静地说道，"他们是要把它们藏起来。"

"藏起来！但是这个藏枪的地方也太特别了！"黛娜说，"他们要用这些枪干什么呢？"

"他们很可能是在走私军火，"杰克说，"从别的地方把上百支枪运到这里来，把它们藏起来，直到需要派上用场的时候——为某处的什么革命派上用场——南美，说不定。"

"就是诸如此类的事情，我打赌，"菲利普说，"总是有人在什么地方惹是生非，需要武器来打仗。那些能给他们提供枪支的人就会赚很多钱。没错，就是这么回事——军火走私！"

"噢！"露西安说，"想想我们居然撞见了这么可怕的事情！我估计比尔已经猜到了——他们发现他在四处探听——然后抓住了他，这样他就不能走漏风声了。"

"但是他们要怎么把枪从这里拿走呢？"杰克疑惑地说道，"我的意思是——他们不可能坐船离开，因为这个潟湖完全被岩石封闭起来了。枪又必须从水里拿出来，才能送到任何需要它们的地方去。这实在太奇怪了。"

　　"唔，现在我们已经知道了那飞机扔下来的到底是什么，"菲利普说，"哎呀——这个潟湖里面一定全是武器！这是个多么完美的藏匿之处！——没人知道发生了什么，没人能发现水底的这些枪……"

　　"除了我们，"露西安随即接话道，"我发现了那个破损的包裹。我猜它是撞到了水底下的岩石被摔破了。"

　　孩子们躺在石头上，晒着太阳，谈论着这个奇异的发现。这时琪琪突然发出了一声惊叫，孩子们坐起身来看发生了什么事。

　　"天啊——有艘船过来了，"杰克惊慌地说，"就冲着这儿过来了，从岩石屏障靠海的那一边。"

　　"我们该怎么办？"露西安害怕地说道，"这里无处可藏，而且我们也没有时间在不被发现的情况下回去啊。"

　　男孩们绝望地环视着四周。还能做些什么呢？紧接着菲利普突然抓起了一大把海草，把它抛在了吃惊不已的露西安身上。

　　"我们用这个把自己盖起来！"他说，"这儿有一堆一堆的！快！拽起来盖住你们自己。这是我们唯一可以藏起来的办法。"

　　他们的心脏又再次大声怦怦地跳起来，四个孩子把浓密生长着的海草堆在一起，借着那巨大的带状叶子，将自己全身盖了起来。杰克透过自己那堆往外看，急切地跟黛娜说：

"你的一只脚露出来了，黛娜。放些海草盖住，快!"

呼呼和噗噗对这场突如其来的海草游戏吃惊不已。它们找出了哪一堆突起的是菲利普，然后走过去严肃地蹲伏在他身上。他感觉到了它们的重量，差一点笑出声来。

"没人能猜到在这两只海鹦和一堆海草下面居然会有个男孩，"他心想，"我只希望其他人都好好地遮盖起来了。"

那艘船在不远处停了下来。能够听见有两三个人说话的声音，离得越来越近。孩子们屏住了呼吸。"不要踩到我们，噢，不要踩到我们!"露西安祈祷着，觉得相当难受，尤其是还有一大块松软的海草堵在她的嘴边。

那些人并没踩到他们。不过他们走了过来，就站在附近。当他们站在那里时，所有的人都点燃了香烟。

"最后一批货今天运来了，"一个人用沙哑而低沉的声音说道，"这个潟湖现在一定都快装满了。"

"没错。是时候该拿走一些了，"另一个尖厉的声音说道，语气中带着些居高临下的味道，"不知道我们抓到的那个家伙已经把多少消息传递给他的总部了。他不肯开口。最好发条消息给头儿，告诉他尽量把东西转移走，以防又有其他人被派来调查。"

"那第二个家伙呢? 他也不肯开口，"第一个声音说道，"我们要拿他们怎么办?"

"他们不能待在这里，"那个居高临下的声音说道，"今晚带他们上船，然后把他们扔到一个叫天天不应、叫地地不灵的地方。我不会再在第一个家伙身上浪费我的时间了——他叫什么名字来着？——坎宁安。他给我们带来的麻烦已经够多了，过去一年都在对我们所做的事情探头探脑。是时候让他消失了。"

四个躲藏在海草下面的孩子觉得又湿又冷，听到这一切让他们浑身颤抖。他们很清楚那是什么意思。他们，这些人，就是比尔的死敌，因为他一直成功地追踪着他们——现在他们抓住了他，害怕他知道得太多，虽然实际上比尔知道的可能还没有这些孩子多。

"他们要把所有这些枪都转移走，然后把可怜的比尔扔到某个地方，这样他就永远再也不会被人发现了，那意味着他会被淹死，"杰克绝望地想，"我们必须得把他救出来，而且要越快越好。我想知道他们说的另一个家伙是谁。肯定不是哈瑞斯吧。我以为他是敌人中的一员。"

这些人在岩石上转悠着。很显然，他们是来查看他们这特别的藏匿之处的，尽管他们几乎看不到里面的东西。孩子们一动不动地躺着，不敢移动分毫，生怕自己会被注意到。这样躺着让他们疲惫不堪，而露西安都在瑟瑟发抖。

这时，他们听到了汽艇引擎再次发动的声音。谢天谢地！他们又等了一段时间。杰克小心翼翼地坐了起来，环顾了一下四周。一个人也没看到。那些人从一条不同的路回到了船上，现在已经出海一段距离了。

"哟！"杰克说道，"我可一点也不喜欢那样。再靠近一两英寸其中一个人就会踩到我的脚上了！"

第25章
另一个令人惊奇的发现

他们全都坐了起来，把滑溜溜的海草从身上弄了下来。刚才自始至终蹲伏在菲利普身上的呼呼和噗噗，顺着他的身体走了下去。琪琪在惊慌和沮丧之中被杰克盖满了海草，而且被强迫待在他身边，因为杰克担心她会由于说话而暴露他们。现在她愤怒地叫起来：

"可怜、可怜的波莉！快去叫医生！真可惜，真可惜，叮当铃声响，波莉掉井里！"

弄干净身上的海草之后，孩子们一脸肃穆地看着彼此。毫无疑问，比尔正身处极度危险之中。

"我们该怎么办？"露西安说，眼中噙着泪水。没人知道。似乎无论他们去哪里，总是会遇到危险。

"唔，"杰克最后开口说道，"我们有一艘自己的船，这是其一——我想今晚天黑以后，我们最好动身去另一座岛上，那些人所在的那座岛，看看我们是不是能找到他们停泊汽艇的地方。我们知道比尔就在那儿了。"

"然后把他救出来！"黛娜激动地说，"但是我们如何能在不被看到或者听到的情况下靠近岸边呢？"

"我们要等到天黑了再去，就像我刚才说的，"杰克说道，"等我们靠近岸边，就关掉引擎，拿出船桨。这样我们可以在不被听到的情况下划过去。"

"噢，对了。我都忘了我们船上有船桨了，"黛娜说，"谢天谢地！"

"我们不能回到那个小洞穴去吗？就在岛另一面岸边的那个？"露西安问道，"我总觉得这里不安全。如果能确认一下我们的船没事我会很高兴的。"

"而且，在我们回到那里之前也没有任何东西可吃，"菲利普边说边站了起来，"来吧，我都冻僵了。我们从这些石头爬到那边的小山顶，再穿过这座岛到停船的地方。来吧，运动下！让自己暖和起来。"

于是他们翻过这些石头走了回去，找到了自己留在原地的衣服。他们把湿衣服脱下来，很快地换好衣服。菲利普的小老鼠们特别高兴再次见到他，欣喜地吱吱叫着，在他身上跑来跑去。

呼呼和噗噗像往常一样陪伴着孩子们。发现他们的船安然无恙地停在砾石滩上，所有的人都暗暗松了一口气。他们上了船，翻找出一些罐装食物。

"最好吃点带很多汁水的东西，"杰克说，"就我看来，这儿没有新鲜淡水，我都快渴死了。我们开一罐菠萝吧。那里面总是有很多果汁。"

再见了，冒险海

　　"最好开两罐，如果琪琪也想要吃的话，"黛娜说，"你知道她吃起菠萝来就像小猪一样。"

　　他们都试着显得轻松愉快一些，但是无论如何，潟湖里藏有枪支的奇特发现，还有比尔身陷险境的消息，都让他们没一个人能有兴致聊天。一个接一个地，每个人都陷入了沉默，几乎不知道自己在吃什么东西。

　　"我想，"在一段长时间的沉默之后，这段时间里唯一剩下的就是琪琪嘴巴刮擦菠萝罐头底部的声音，黛娜终于开口说道，"我想我们最好天一黑就马上出发——但是我真的觉得紧张得发抖！"

　　"唔，听我说，"杰克说道，"我一直在苦苦思考——我相信我和菲利普单独去找比尔是最妥当的。这实在太危险了，我们不知道我们将会面对什么，而我觉得让你们女孩也一起来不是个好主意。"

　　"噢，我们一定要去！"露西安叫起来，她无法忍受杰克撇下她独自前去的念头，"万一你们出了什么事——我们就独自留在这座岛上了，没人会知道我们在哪里！无论如何，我要跟你一起去，杰克。你不能阻止我！"

　　"好吧，"杰克说，"也许我们团结在一起更好些。我说——我猜他们说的另一个家伙不会是哈瑞斯吧？我们不会是把他弄错了，是吧？"

　　"唔，我的确觉得他有点太蠢了，"黛娜说，"我的意思是——他看上去不仅仅像是在装而已。我相信我们确实是犯了个错误。我想说不定他真的是个鸟类爱好者。"

"天哪！他一定认为我们很可怕！"杰克惊骇地说道，"我们还抢了他的船——还把他留在那儿被敌人俘虏了！"

"他们一定认为他是比尔的朋友，对于他说自己不认识比尔也不知道关于他的任何事而觉得狂怒不已。"菲利普说。

每个人都严肃地想着可怜的哈瑞斯。"还好，我们最终没有一个人敲过他的脑袋，"杰克说，"可怜的老哈瑞斯·踢波浪！"

"我们也要把他给救出来，"露西安说，"这多少能弥补一下我们抢了他的船的过错。但是他会不会对我们所做的一切大发雷霆啊？"

这时，呼呼带着他那令人熟悉的礼物——半打鱼出现了，鱼首尾交替，整齐地排列在它的大嘴里。它把它们放在菲利普的脚边。

"谢谢，老伙计，"菲利普说，"但是你自己不吃掉它们吗？我们可不敢在这里生火煮东西。"

"啊噢噢噢噢噢！"呼呼叫道，走过去查看那些空了的罐头。噗噗抓住机会，把鱼给狼吞虎咽了下去，琪琪嫌恶地看着它。她可消受不起从海里新鲜捕捉的鱼。

"呸！"她模仿哈瑞斯的声音叫道，孩子们笑了起来。

"琪琪，你今晚必须要绝对安静，"杰克边说边搔着她的头，"不准'呸'或者'噗'，让敌人警觉我们就在附近！"

当太阳开始西沉的时候，孩子们把汽艇拖到了离海不远的地方，以确保晚上出发时没有任何必须得避开的石头。在遥远

的地平线上，他们注视着敌人的岛屿。比尔就在那里的某个地方——也许哈瑞斯也在。

"老天保佑我们能看到一些光，好指示我们在哪里靠岸，"杰克说，"我们不可能绕着岛寻找合适的地方。我们会被发现的。我们也不可能划着船绕行。"

"唔，昨晚我们看到了向另一艘船发出信号的那个灯光，"菲利普说，"也许它还会再发出信号。我们回去吧。这儿看起来没有什么需要今晚避开的石头了。天一黑我们就出发。"

他们回去了——他们刚刚到他们的小海滩，就听到了一架飞机的轰鸣声。

"他们应该不会是要扔更多的包裹下来吧!"杰克说，"所有的人，趴好。我们可不想被发现。靠近那些石头。"

他们蹲伏在一大堆石头的附近。随着飞机越来越近，它发出了巨大的噪声。

杰克喊了一声："那是架水上飞机! 看，它下面有浮筒!"

"这也太大了吧!"黛娜说，"它落下来了!"

它的确降了下来。飞机先是绕岛盘旋了一圈，再次绕岛盘旋时又降下来一些。它看起来几乎要与小岛另一端耸立的那座小山擦肩而过了，就是那座俯瞰潟湖的小山。

引擎熄火，一片沉寂。

"它降落了，"杰克说，"降落在潟湖上了! 我可以用任何东西跟你们打赌，它就停在那儿!"

"噢，等天色一暗，咱们一定要去看看好吗?"黛娜恳求道，

"你觉得它是要把那些藏起来的枪拿出来吗?"

"好像它做得到似的!"杰克相当轻蔑地说道。

"唔，它那么大，那么沉，"菲利普说，"很可能上面有什么设备可以把藏着的武器给拉出来。如果比尔已经向他的总部发送出了一条信息，而这些人认为存在政府派遣巡逻队到这里来调查这件事的风险的话，那么我们的敌人肯定会试图尽快将这些枪支转移。既然这是一架水上飞机，那么看起来这些枪是要被运到南美洲去——或者别的什么远隔大海的地方。"

等到天色一暗，孩子们就抵不住诱惑，越过了小岛，爬上了制高点，好向下窥视潟湖。即使借着薄暮微光，他们说不定也能看到一些有趣的东西。

很快，他们就到了悬崖顶上俯瞰着潟湖。他们只能辨认出停在那咸水湖中央的水上飞机庞然大物般的身形。接着，突然之间，灯光从里面照射了出来，一个噪声响了起来——一种摩擦和拖曳的噪声，就好像是某种机器正在准备做一些起重作业。

"我打赌他们正在把那些枪支包裹拖上来，"杰克悄声说道，"我们看不太清楚——但是我们光听就知道有什么东西正在工作，什么需要绞盘的东西，我猜。"

露西安看不到任何绞盘，但是她完全可以想象得到某种机器会把带钩的缆绳抛下去，将成捆的枪支给拖曳上来。等这架水上飞机装满之后，它就会再次飞走。接着又有一架会来，然后又是一架! 或者也可能是同一架飞机一次又一次地往返。

灯光将水上飞机巨大的身形展现在孩子们的眼前。它静静

地卧在黑沉沉的潟湖中央，看起来很是怪异。露西安发起抖来。

"要对付有船、常规飞机、水上飞机还有枪的敌人实在太可怕了，"她心想，"而我们除了可怜的哈瑞斯的小汽艇还有我们自己的机智之外，一无所有。"

他们安静地回到了自己的船边。潮汐把它向外冲出去了一小段距离，但是因为他们已经把船用绳子绑在了就近的一块礁石上，所以没费多大力气就把它拉了回来。他们全都上了船。

"现在这是所有冒险中最大的一场冒险了，"杰克相当严肃地说道，"躲藏是一场冒险。逃离是一场冒险。要从敌人的眼皮子底下救人是最大的一场冒险。"

"只要我们自己别被抓住！"露西安说。

杰克发动了引擎。这艘小船向着大海驶去，将潟湖之岛留在了身后。呼呼和噗噗像往常一样将自己安顿在了甲板栏杆上，而琪琪则蹲坐在杰克的肩膀上。菲利普的小老鼠们，被引擎突然发出的噪声吓到了，挤在一起团成了一个大鼓包躲在菲利普背后的凹陷处。"你们弄得我好痒！"他说道，但是小老鼠们并没有理会。

"好，祝我们所有的人好运！"黛娜说，"但愿我们救出比尔——还有哈瑞斯——打败敌人——然后平安返家！"

"天佑吾王！"琪琪用完全相同的语气虔诚地说道，所有的人都笑了起来。好笑的老伙计琪琪！

第26章
到敌人的岛上去

小船在黑暗中疾驰。菲利普在掌舵。他以一颗很大的星星作为指引，将船很好地保持在航线上。

过了一会儿，杰克碰了碰他的胳膊："看见那道灯光了吗？那一定来自敌人的岛上。它并不是我们之前看到的那道明亮的导航光线，但也肯定是从岛上发出来的。"

"我会冲着它设定航向的，"菲利普说，"杰克，你要确保琪琪不会发出嘎嘎大笑或者尖叫声，好吗？水面上的任何噪声都会很轻易地被陆地上听到。声音在水中会传播得非常远。我很快就得关掉引擎了，否则就会被发现的。"

"琪琪不会发出一点声音的。"杰克说。

"嘘——！"琪琪马上说道。

"没错。乖鸟儿！嘘——！"杰克说。菲利普关掉了引擎，船逐渐减低了航速，直到只是向前漂着，接着在不眠不休的大海上缓缓地停了下来。

杰克通过望远镜观察着他能看到的岛上的灯光。"我想那一定是某种港口的灯标，"他说，"说不定他们在那儿有个小港

口——他们可能拥有相当多的汽艇，你们知道的，不间断地巡逻以确保没有人来造访附近的岛屿。那灯光相当稳定。"

菲利普摸索到了船桨。"努力划船吧！"他说，"杰克，几点了？你能看清你的手表吗？那是夜光表盘的，对吧？"

"已经快十一点了，"杰克说，"刚刚好。我们差不多午夜时会接近陆地，到时我们就能指望敌人没有那么警醒了。"

男孩们一人拿了一支桨。哗啦哗啦！船桨随着男孩们的努力划动在水中时进时出，船平稳地向前滑行着。

"你们累了的话就换我们来，"黛娜说，"菲利普，你的老鼠们在哪儿？有什么东西刚刚碰到了我的腿。如果你让它们到处乱跑的话我可做不到不尖叫出来。"

"它们在我的口袋里，"菲利普说，"你就跟平常一样在胡思乱想。如果你敢尖叫出来的话，我可绝对会把你推下水！"

"她不会的，她不会的，"露西安说，"那只是呼呼和噗噗在甲板上走来走去，黛娜。刚才它们中的一只还蹲在我的腿上呢。"

"啊噢噢噢！"甲板栏杆上传来了一声低沉的喉音。

"嘘——！"琪琪马上说道。

"她并不明白就算呼呼和噗噗随便'啊噢噢噢'地叫也一点事都没有，"杰克说，"它们自然发出的鸟叫声不会让任何人警觉的。"

"嘘——！"琪琪谴责似的说道。

岸上发出来的灯光稳定地闪烁着。"一定是从一盏提灯发出来的，"杰克边低声说着，边努力划着桨，"很可能是给所有进出的汽艇导航的。菲利普，我们休息一会儿吧。我需要喘口气。"

"好。"菲利普说。女孩们想来接班，但是杰克不让她们划："不，我们就休息一下。不用着急。从某种意义上来说，我们越晚越好。"

他们很快又拿起了船桨，他们的船稳稳地穿过水面向着灯光靠近。

"不要再讲话了，"杰克悄声说道，"只能小声悄悄耳语。"

露西安的膝盖又变得奇怪起来。她的肚子也感觉很古怪。黛娜尽管并没有在划船，也神经紧张并且呼吸急促起来。男孩们既紧张又兴奋。他们会在那儿找到囚禁着比尔并且正准备把他给'扔掉'的敌人的汽艇吗？就像那天那个男人说的那样？那儿会有很多人在警戒吗？

"那是什么声音？"当他们的船接近陆地时，黛娜终于耳语道，"听起来相当古怪。"

男孩们暂停了划船，倚靠在船桨上侧耳倾听着。

"听起来像是一个乐队在演奏，"杰克说，"当然——是收音机！"

"太好了！"菲利普说，"那么敌人就不太可能听见我们偷偷溜进去了。杰克，看！——我想那是个小码头——你可以借着提灯的灯光刚好辨认出来。我们能在不被看到或听到的情况下悄悄溜进去吗？还有，看！——提灯下面停着的是一艘船吗？"

"我去拿望远镜。"菲利普说着摸索起来。他把望远镜举到眼前，"没错——那的确是一艘船——相当大的一艘。我想那就是敌人到我们的岛上时驾驶的那一艘。我打赌比尔就在上面，被关在船舱里！"

收音机里的乐队在持续演奏着。"船上有人打开了收音机，"杰克说，"是个守卫，我猜。那么，他——我的意思是，那个守卫——会在甲板上吗？那儿并没有灯光。"

"如果你问我的话，他正在享受着慵懒时光呢，听着收音机里播放的美妙曲调，在甲板上打着盹，"菲利普悄声回应道，"看！——你能看到那个光点吗，杰克？我打赌那是那个守卫正在抽着的香烟头。"

"没错，很可能是。"杰克说。

"我觉得我们不能再靠得更近了，"菲利普说，"我们可不想被看见。如果那个守卫发出警报的话，我们就完了。我想知道有多少人在甲板上。我只能看见一个闪着光的香烟头。"

"你们准备怎么办？"露西安耳语道，"一定做点儿什么。我难受极了！我马上就要崩溃了。"

菲利普伸出一只手握住了她的手。"别担心，"他悄声说，"我们很快就会做点儿什么的！现在看起来会是个相当不错的时机。只要那个守卫睡着了的话！"

"我说，'草丛头'——你知道我觉得现在怎么做最好吗？"杰克突然说道，"如果你和我游到那个港口，爬上去，上船吓那个守卫一跳，我们大概就可以把他推到水里去，然后在他能发出警报之前，我们就能打开舱盖把比尔弄出来。啊，我们也可以把船开跑——那样我们就有两艘船了！"

"听起来是个好计划，"菲利普说，"但是我们还不知道比尔是不是在那儿——而且很有可能我们没法把那个守卫推下水——尤其是如果那儿有不止一个守卫的话。我们最好还是先探探路。不过你那个溜进海里游到港口的主意很不错。我们肯定可以这么干。我们可以顺着某个阴影下的地方爬上去，避开灯光。"

"噢，天哪——你们一定要在黑暗中游泳吗？"露西安说着，瑟瑟发抖地望着黑沉沉的水面，"我一点儿也不喜欢这样。千万，千万小心，杰克！"

"我会没事的，"杰克说，"来吧，菲利普。脱掉你的衣服。我们就穿着裤子游过去吧。"

不一会儿男孩们就悄悄地从船上溜到了水里。水非常凉，激得他们猛吸了一口气。不过当他们快速向港口游去时，身体很快就暖和了起来。随着他们的接近，收音机的声音也越来越清晰了。"不错，"杰克心想，"这样他们就没法听见我们在靠近了。"

他们避开了灯光，顺着有阴影遮蔽的地方爬上了码头。这可不是件容易的事。"船就在那儿，"杰克对着菲利普耳语道，"没有直接在灯光下面，谢天谢地！"

一个声音使得他们突然停了下来。那是一声从甲板上传来的又响亮又长的哈欠。接着收音机被啪的一声关掉了，夜晚又

重归寂静。

"他可能要睡觉了，"杰克用气音说道，"我们等一等。"

他们在完全静默的状态下等了大约十分钟。那个人把一个闪着红光的烟头从船上扔了下去，但是并没有再点燃第二根。男孩们听到他咕哝了几声，似乎是在把自己舒适地安顿下来，又大声打了个哈欠。

男孩们仍然等待着，在码头的阴影中浑身颤抖，彼此紧挨着以从对方身体上汲取一点温暖。

接着，夜色中传来了令他们异常欣喜的声音。"他打呼噜了，"杰克悄声说道，高兴地抓紧了菲利普的胳膊，"他睡着了。我确定这儿只有一个守卫，否则他们会一起聊天才对。现在是我们的机会。快来——但是要安静，以免吵醒了他！"

因为兴奋和寒冷而发着抖的两个男孩沿着码头悄悄向船爬了过去。他们小心翼翼地溜上了船，光着的脚没有发出一点声音。甲板上躺着那个睡着了的守卫——如果他是个守卫的话！

接着另一个声音使得他们停了下来。这次声音是从他们的脚底下传出来的。菲利普抓住了杰克裸着的胳膊，吓了他一大跳。他们站在那里侧耳倾听着。

那是什么人说话的声音，就在船舱下面。是谁？会是比尔吗？他和谁在一起？说不定是哈瑞斯。但是也许在下面的根本不是比尔，说不定是敌人，正在玩牌，也说不定那个睡着的男人根本不是个守卫。要是把那男人扔下船，打开船舱舱盖，结果却发现敌人就在里面，那可就太愚蠢了。

"我们最好先听听，看看是不是比尔。"杰克贴着菲利普的耳边说道。男孩们能够看到从固定在甲板上、盖住了船舱的舱盖中漏出来的一缕缕光线，因此他们知道它的确切位置。他们蹑手蹑脚地匍匐向前，然后在关着的舱盖旁边跪了下来。他们将耳朵贴在裂缝处，仔细聆听着那个说话的声音。

他们听不清那声音正在说什么——但是，当其中一个谈话者突然清了清他的喉咙，轻轻地咳了一声的时候，男孩们马上就知道了那是谁！那是比尔的一个小习惯。比尔就在下面。在说话的就是比尔。两个男孩都感到如释重负。只要他们能把比尔弄出来，就可以由他来掌控大局了！

"如果我们把那家伙扔下船，他可能会迅速发出警报，这样我们就没法把比尔弄出来并且跟他把事情解释清楚了，"杰克在菲利普耳边说，"既然他睡得这么熟，把舱盖拉开让比尔看到我们在这儿怎么样？然后他可以帮我们搞定那个守卫，再接管这条船。"

"你来打开舱盖，我去看着那个守卫，这样如果他醒了的话我可以把他扔下船。"菲利普说，"去吧，快！"

杰克摸索着拉栓。他的手指在颤抖，几乎不能把它给拉起来。他害怕可能会弄出刺耳的噪声，但是并没有。拉栓轻松顺畅地向后滑开了。杰克又摸索着可以把舱盖抬起来的铁质把手，接着把舱盖提了起来，这样一来，一束明亮的光线从下面的船舱里照射了出来。

船舱里的人听到了这轻微的声音，于是抬头向上看去。其

中一个是比尔——另一个则是哈瑞斯。当比尔看到杰克的脸从黑暗中出现向下窥视时，他惊奇地一跃而起。杰克把手指放到嘴唇上，比尔将差点脱口而出的叫声生生咽了回去。

"出来吧，"杰克悄声说，"快！我们得对付这里的守卫。"

但哈瑞斯搞砸了一切。他一看到杰克，这个在海鹦之岛把他关在洞里的可恨男孩，他就一下子怒气冲冲地站了起来。"就是那个恶毒的小子！等着我逮到你！"他喊起来。

第27章
逃 跑

　　"嘘!"杰克恼怒地说道,越过自己的肩膀指了指那个守卫。但是已经太迟了。随着那声叫喊打破了他的美梦,那人跳起来惊醒了。他坐起来眨了眨眼睛,紧接着,就看到了那束从打开的舱盖里流泻出来的明亮光线,他跳了起来。

　　比尔机智地关掉了灯。现在一切都陷入了黑暗。比尔开始向舱口爬上去,而守卫则开始喊起来。

　　"这是怎么回事?嘿,你在干什么?谁在那儿?"

　　菲利普扑向他,试图将他推下船,但是那个男人很强壮而且开始反抗起来。结果随着一阵极其可怕的水花飞溅声,是可怜的菲利普被扔下了船。接着,在守卫喘息声的指引下,比尔上前用自己的右拳猛击而出。惊讶的守卫感觉到了这突如其来的击打,蹒跚着后退。比尔伸出一只脚,希望把他绊倒。守卫倒在了甲板上,转眼之间比尔就压在了他身上,杰克也过来帮忙。"是谁掉下船了?"比尔气喘吁吁地问道。

　　"菲利普,"杰克回答道,牢牢地坐在那个守卫的腿上,"他没事。他可以游到另一艘船上去。"

"把这守卫关进船舱里。"比尔命令道，"另一个家伙——提勃朗在哪儿？那个蠢货把事情都给搞砸了。"

哈瑞斯好好地站在一边，让开了道，想知道到底发生了什么事。他可以听见喘息声和呻吟声，还有打斗声，把他给吓坏了。守卫又叫喊了一声，然后就从一旁沿着爬梯滑了下去，被扔进了船舱里。

砰！舱盖关闭了，比尔插上了拉栓。

"他暂时碍不了事了，"比尔冷酷地说道，"现在让我们把船开动起来，快！我们得在敌人察觉到我们要干什么之前离开这里！"

"这正是我计划着要做的！"杰克喘息着说道，对自己最疯狂的愿望似乎即将成真而激动不已，"我们要怎么发动引擎呢？见鬼！这里太黑了！我身上没带手电筒。"

被关在下面的守卫可怕地大吵大闹起来。他拼命地大喊着，撞击着。比尔在一片漆黑中向着船舱摸索过去。

事情就这么开始接连发生了。岸上亮起了灯，声音呼喊了起来。跑步声响了起来。

"我们没时间在他们抓住我们之前把船从停泊点开走了，"比尔抱怨道，"你刚才说你们还有另一艘船，杰克？它在哪儿？菲利普怎么办？快，回答我！"

"是的——在这码头的尽头有一艘船——女孩们就在上面——估计菲利普现在也已经在那儿了，"杰克说道，他的话在激动之中争先恐后地冒了出来，"我们最好游过去！"

"那就跳船！"比尔说，"提勃朗，你在哪儿？你最好也一起来。"

"我不、不、不、不行。"可怜的哈瑞斯结结巴巴地说道。

"喂，从船上跳下来，我会帮你的。"比尔指挥道。但是在敌人的包围之下、半夜跳进漆黑冰冷的海水中的想法，对哈瑞斯来说太难了。他爬进了一个角落里，拒绝移动分毫。

"好吧，那么你就待在那儿吧，"比尔轻蔑地说道，"我要和这些孩子一起走——现在我不能让他们失望！"

比尔和杰克跳下了船。哈瑞斯听到了水花飞溅声，瑟瑟发抖。没有什么能说服他让他做同样的事。他在角落里打着战，等着敌人来扫荡码头。

他们来了，伴随着乱晃的手电筒光，还有守卫急切地质问这吵闹到底是怎么回事的声音。他们挤满了汽艇的甲板，马上就发现了角落里发抖的哈瑞斯。他们把他给拖了出来。

那个守卫还在船舱下面敲击，在狂怒之下声音变得嘶哑起来。敌人们并不很确定到底发生了什么事，于是劈头盖脸地拷问起可怜的哈瑞斯来。

比尔和杰克快速地游过黑沉沉的海水。他们听到了那些激动的声音，祈祷着哈瑞斯不会出卖自己。那个守卫很快就会告诉敌人他们想要知道的一切，但是也许这开始几分钟的时间足以让他们逃走了。

菲利普已经在船上了，正安慰着两个吓坏了的女孩。当听到比尔和杰克从另一艘船上跳下来溅出的水声时，他便瞪大了

眼睛留意着他们。等他辨认出了他们游过水面时发出的快速划水声，就谨慎地把手电筒举到了海面上方，打了一两次闪光，好为他们指路。

他们看到了那微微的闪光，满怀感激地向那边游了过去。杰克一直担心在激动之中会错过他们的船。不一会儿他们就爬上了船，露西安和黛娜抓住比尔湿漉漉又毛茸茸的手臂，它们是那么强壮、有力，而又令人心安。

"快——我们必须马上离开，"比尔说着，快速地轻拍了每个女孩一下，"天，那艘船上的动静闹得可真大啊！他们已经把守卫给放出来了。快，在他们发现我们在哪里之前离开。"

"等我们发动引擎时，他们就会发现的，"杰克说，"我们有船桨。要不要划船离开？"

"不，"比尔说，"我们必须尽快离开。他们会来追我们，而我们必须得先下手为强。你们女孩趴下，男孩趴在她们身上。一会儿会有子弹从我身后飞过来的！"

比尔发动了引擎。露西安和黛娜趴了下来。男孩们趴在了她们身上，几乎快把女孩们压得不能呼吸了。这简直太不舒服了。

说来也怪，没有一个孩子觉得害怕。他们都觉得心潮澎湃，露西安有一种想要大喊大叫和手舞足蹈的疯狂感觉。杰克把她压得喘不过气来，要在甲板上保持平趴是一件很困难的事情。

汽艇的引擎刚一发动，另一艘船上就传来一阵惊愕的沉默。很显然，那个守卫并不知道不远处还有第二艘船，而且也没有告诉他的同伙们这一点。敌人以为比尔和他的营救者还在某个

　　不一会儿他们就爬上了船，露西安和黛娜抓住比尔湿漉漉又毛茸茸的手臂，它们是那么强壮、有力，而又令人心安。

地方游着。他们仍然对所发生的事情几乎一无所知。

但是等比尔的（或者应该说哈瑞斯的）小船引擎在夜色中开始呜呜作响，敌人就知道必须得想方设法阻止它。这艘船决不能被允许离开！

砰！什么人的左轮手枪响了，一颗子弹掠过海面，冲着小船而来。

砰！砰！砰！当比尔听到一颗子弹嗖的一声擦着船过去时，他就在船舵旁尽可能地伏低了身体。

"趴好，孩子们！"他焦急地命令道，"我们很快就能逃出去了。"

砰！又一颗子弹呼啸而来，击中了小船不远处的水面。比尔低声嘟囔了几句，期盼着这艘汽艇能跑得再快一些。

扑——扑——扑——扑——扑——扑——扑，引擎稳定地响着，小船在波浪中摇摆着驶向大海。

砰！砰！

正蹲坐在杰克身上的琪琪突然尖叫了一声，她对这一切杂乱喧闹困惑不已。接着，她疯狂地持续尖叫起来。

"噢！琪琪被打中了！"杰克大喊道，心急如焚地坐了起来，摸索着他心爱的鹦鹉。

琪琪一句话也没说，而是继续尖叫着，仿佛正身处巨大的痛苦之中。杰克伤心得难以自抑。

"趴下，你这傻瓜！"比尔吼道，感觉到杰克并没有平趴好，"你听到我的话了吗？"

"可是琪琪，"杰克刚开口，就被比尔更加愤怒的吼声给淹没了。

"琪琪没事！她如果真的受伤了就没法那样尖叫了。趴下，照我的话去做！"

杰克遵守了命令。他再次趴好，焦虑地听着琪琪的尖叫声。其他几个孩子，也觉得这鸟儿一定是受伤了，同样非常焦虑不安。

露西安想知道呼呼和噗噗怎么样了。她很长时间没听到它们"啊噢噢噢噢噢"的叫声了。说不定它们也中枪了！啊，天哪，什么时候他们才能从敌人那儿安全地脱身？

枪击声停了下来——然而另一个声音响了起来，在他们自己的引擎轰鸣声之下听起来很微弱。比尔灵敏的耳朵捕捉到了这个声音。

"他们追过来了！"他喊道，"他们发动了自己的船。谢天谢地！现在天黑了。我们必须继续跑下去，直到汽油用光为止，然后尽量往好处想。"

追逐着他们的汽艇亮起了一道强烈的探照灯光，扫视着整个海面。

"我们刚刚好逃出来了，"比尔如释重负地说道，"这艘小船跑得还挺快。琪琪，闭嘴！不要再尖叫了！你并！没！有！受伤！"

"比尔，我们说不定有足够的汽油可以到我们来的那座岛去，就在东边那里，"杰克突然说道，"那些人很可能认为我们

217

会为了安全而试着跑得远远的。如果我们真的这么做了，那一定会被追上。他们的船比我们的性能更强，一旦我们进入到他们的探照灯范围之内，就一定会被发现的。让我们向左转向吧。"

"你们是从哪座岛来的？"比尔询问道，"还有自从我蠢到让自己被抓住之后，你们都发生了什么事？我都担心死你们了！"

"我们也担心死你了，"杰克说，"比尔，左转舵——我们去潟湖之岛，但愿那些人猜不到我们会在那儿。"

于是，小船改变了航线，穿过漆黑的波涛汹涌的大海，向着另一座岛驶去。在他们身后的远处，探照灯依旧在扫射着海面，不过很显然敌人的汽艇现在正朝着另一个方向驶去。再过几分钟，他们就不会再被发现了。

"啊噢噢噢噢噢噢！"一个低沉的声音就从离比尔不远的地方传出来。他吓了一跳，接着笑了起来。

"我的天哪——呼呼和噗噗还跟着你们哪？现在不要又开始尖叫，琪琪。我非常确定你没有受伤。"

"我现在能不能坐起来，就摸一下看看琪琪是不是受伤了？"杰克焦急地恳求道，"他们没有再开枪了。"

但是在比尔回答之前，汽艇的引擎发出了一串吭吭声和扑哧扑哧声，接着，随着仿佛一道疲惫叹息的古怪声音，彻底停了下来。

"汽油用光了，"比尔悻悻地说道，"它当然会用光！现在我们只能划船了，过不了多久敌人就会把我们抓起来了！"

第28章
彻夜倾谈

　　孩子们全都立刻坐了起来，女孩们庆幸地舒展着自己的胳膊和腿。"你太沉了，菲利普，"黛娜抱怨道，"噢，比尔——我们离海岸这么近，船却没有汽油了，这简直太倒霉了吧！"

　　杰克伸手去摸琪琪。他的手焦急地抚摸着她的全身，往下摸摸她的腿，再摸摸她的嘴巴。她伤到哪里了？

　　琪琪依偎在他身边，咕哝着毫无意义而又好笑的几句话。"你没受伤，傻鸟，"杰克松了一口气说道，"你真是一惊一乍的。我为你感到羞愧。"

　　"可怜的琪琪，可怜的琪琪，快去叫医生。"琪琪嘟囔道，把自己的脑袋藏到了翅膀下面。

　　"就我看来，她没受伤，"杰克对其他人说，"不过她一定是给吓坏了。说不定有颗子弹就从她身边擦过去了。"

　　"噢，先别管琪琪了，来说说我们自己吧，"黛娜说，"比尔，我们该怎么办？"

　　比尔坐在那里陷入了沉思。该怎么做才最好？如此危险的敌人就在附近，要照管好四个孩子可不是闹着玩的。先不管潟

湖之岛到底是什么，去那里会是最好的选择吗？至少它应该在划船能到达的距离之内。又或者再划远一些才是最好的？

"我们就去你们的潟湖之岛吧，"他最后说道，"这是目前最好的主意。"

"它应该不远了，"杰克说着，在黑暗中瞪大了眼睛，"我想我可以在那边辨认出一个模糊的黑影。你呢，菲利普？"

"没错，"菲利普说，"看，就在那儿，比尔！你能看见吗？"

"什么也没有，"比尔说，"不过我相信你们的话。你们年轻人的眼睛和耳朵都很敏锐。现在，船桨在哪里？"

他们很快就找到了船桨，哗啦哗啦的缓慢划船声在女孩们耳朵中响起，她们正坐着挤作一团取暖。

"没错——那的确是某片陆地。"过了一会儿，比尔满意地说道，"我们很快就会靠岸了。我只希望那里没有石头会让我们搁浅。"

"噢，没有，"杰克说，"我们会没事的。潟湖之岛附近没有任何石头。起码我们现在要去的那一块地方没有。"

然而他话音刚落，就传来了一个可怕的刺耳的摩擦声，小船从头至尾地打着战。每个人都大惊失色。现在到底发生了什么事？

"撞上石头了！"比尔严肃地说道，"我认为我们没法把船弄下来！看来它的意思是想待在这里了！"

小船没法动弹。杰克心急如焚地打开了手电筒，试图查看一下到底发生了什么事。太显而易见了！

"到处都是石头，"他郁郁地说道，"我们根本没在这岛的正确位置登陆。天晓得我们在哪里。"

"看看我们是不是被撞出了洞。"比尔说着，接过了杰克的手电筒。他给船做了个彻底检查，然后舒了一口气："没事。目前看来我们是安全的。船应该是正好撞在了一个礁石浅滩上。现在做什么都无济于事了。我们只能等到天亮了再看看是不是可以移动它。就算我们现在费工夫把船给弄下来了，也会马上就撞到别的石头上的。"

"好吧，那让我们舒服地裹进毯子里，吃点儿东西，再说说话吧，"露西安说，"我再也，再也睡不着了。"

"今晚我们没人能睡得着，"杰克说，"我这辈子从没觉得这么清醒过。我要先穿上几件衣服。我还一件都没来得及穿呢。不过，要是能裹上几条毯子我也是很高兴的！"

"我也浑身湿透了，"比尔说，"我想我也得来几条毯子。"

"那个小柜子里有几件哈瑞斯的衣服，"黛娜说，"就是你身后那个。我们以为我们把他的东西都给他了，但是我昨天又发现了一些，就塞在那边。那些衣服估计并不合你的身，比尔，不过至少能让你暖和起来。"

"好，"比尔说着，打开了那个小柜子，"如果我能在黑暗中摸到它们是什么的话，我现在就换上。你们去弄点吃的吧，如果还有什么食物的话。真可惜我们不能烧壶水喝点儿热乎乎的东西让自己暖和起来！"

不一会儿比尔和男孩们就换上了干衣服。接着他们五个人

221

为了取暖紧挨着坐在一起，狼吞虎咽地吃着饼干和巧克力。

"现在我们该来跟彼此说说了，在我匆忙离开了海鹦之岛以后都发生了什么事。"比尔说道。

"你先说你的故事，"露西安边说边紧紧地靠着他，"噢，比尔，你回来了真好！当我们发现你不见了的时候，我害怕极了，我们汽艇的引擎还有无线电设备都被砸烂了。"

"是，他们告诉我他们那么干了，"比尔说，"很显然，他们压根儿不知道你们这几个也在岛上——当然，我一个字都没说。好吧——长话短说，那天晚上当我在我们的船上摆弄着无线电设备，试着想要发送一条信息时——不过可惜没成功……"

"啊，比尔——那我们就没法得救了！"露西安随即说道，"噢，我们真希望你发出去了一条求救信息或者别的什么！……"

"唔，总部知道我在这里出了点什么事，但是仅此而已，"比尔说，"不管怎么说，就像我刚才说的，我正摆弄着无线电设备——这时候我的脑袋突然挨了一下，接着就晕倒了。然后我就什么都不知道了，直到在另一个岛上醒来，成了一个被关在小屋里的俘虏！"

"那些家伙没有伤害你吧？"露西安担忧地问道。

比尔并没有回答这个问题。他继续讲着自己的故事："当然，他们审讯了我，不过什么都没从我这儿得到。匪夷所思的是，我被告知由于我被盯上而要躲避的那些人，居然就是在这里撞见的那些人！这里就是他们进行活动的地方！我原以为是在威尔士的某个地方呢——应该是他们通过留下假线索而误导了我。"

"噢，比尔——想想看吧，这片渺无人烟的大海，还有所有周围的这些小岛恰恰就是他们选择的地方，而我们也恰恰选择了到这里来！"杰克说，"他们肯定以为是你找到了他们的藏身之处，然后来追踪他们的。"

"他们的确是这么想的，"比尔说，"此外，他们还猜测是他们中的某个人把秘密泄露了出去，而他们想从我这儿找出这个人是谁。我猜这就是为什么他们要审讯我，而不是立刻把我给干掉。"

"蛋头先生被干掉。"琪琪叫道，把脑袋从翅膀底下伸了出来，但丝毫没人在意。比尔的故事实在是太吸引人了。

"他们想知道我知道了多少，还有是谁告诉我的，"比尔说，"嗯，其实我知道得并不多，而且并没有人告诉我，所以他们从我这儿没得到多少信息——而他们对此很不高兴。"

"你真的知道得并不多吗？"菲利普惊讶地问道。

"我知道这个帮派在谋划什么违法的事情——我知道他们从某个地方得到了很多的钱——我猜是什么跟枪支有关的事，"比尔说，"我试图阻挠他们，而他们识破了我在追踪他们。我之前曾经破坏了他们的一桩肮脏的小生意——虽然当时我们并没能抓到主犯——所以我可不受他们欢迎。"

"于是他们决定追踪并且干掉你！"杰克说，"所以你才被告知要躲起来——可没想到的是，你躲到这里来了……"

"然后直接捅了马蜂窝，"比尔赞同道，"还带着你们跟我一起！为什么你们这些孩子总是能吸引冒险呢？只要我一接近你们，一场冒险就会蹦出来，然后我们就都会被卷入冒险之中。"

"这的确非常离奇，"杰克说，"继续说，比尔。"

"唔，看守我的守卫就突然把哈瑞斯·提勃朗先生带到关押我的小屋来了，"比尔说，"他们似乎认为他是我的同伴，是来这些岛帮我侦查探听的。但他跟我一样困惑不解。我完全搞不懂他。等到就剩下我们俩时，他开始告诉我关于你们这些孩子的事情，我就猜到发生了什么。根据他的说法，你们对他来说绝对是小恶魔。"

"是的，我们的确是，"杰克极为懊悔地说道，记起来他们是如何对待困惑不解又愤怒不已的哈瑞斯的，"你瞧，我们真的以为他是敌人之一，打扮得看起来像个傻乎乎的鸟类学家，被派来抓我们，让我们上他的船——所以……"

"所以我们反过来俘虏了他，把他推到了一个我们发现的洞穴里，并且把他关在了那里。"黛娜说。

"然后在他每一次把头探出来的时候就狠狠地敲他的脑袋，看起来是这样，"比尔说，"我认为你们应该不会这么残忍的。他说甚至连女孩们都轮流打了他。"

"噢！"所有的人异口同声地说道，对这样的弥天大谎震惊不已，"比尔！我们一次都没打过他！"

"要是男孩们给了他一两下的话我倒是不会惊讶的，如果他真的被认为是被派来俘虏你们的敌人之一，"比尔说，"可是我简直无法想象女孩们会打他。他还说露西安是最差劲的一个。"

"噢！而我是唯一一个说我不可能打他的人。"露西安说道，对如此恶毒的言论感到非常震惊。

"不管怎样，很显然，你们让他很不好过，之后还坐着他的船逃跑了，把他留在那里被敌人俘虏了。"比尔说，"你们知道，当我听到这一切时，忍不住笑了起来。你们几个真的非常勇敢！敌人用他们的船把他带走了，而且对于你们俘虏了他的故事一个字儿也不信。他们真的以为他是我的一个同伴。当然，我也假装不相信他的岛上有孩子的故事，因为我不想你们被抓住。但是当我听到你们抢了他的船时，我真的很想知道你们发生了什么事。哈瑞斯说当他被拉到敌人的船上时，他的小船已经不在那个小港湾里了。"

"我不喜欢哈瑞斯，"露西安说，"我希望那些人也让他很不好过！他又蠢又爱说谎还是个胆小鬼。"

"比尔，如果今晚在我打开船舱的舱盖把你放出来之后，他没有大喊大叫的话，我们就能抢到那艘大型汽艇，马上回到大陆去了，"杰克郁闷地说道，"愚蠢的白痴——那样大喊大叫的！"

"是啊，那的确是很可惜，"比尔说，"现在该你们来告诉我你们的故事了。"

于是孩子们就说了他们的故事，比尔饶有兴致地听着，时不时又感到惊讶不已。当他们说到了关于潟湖的部分，以及那里藏着什么的时候，他大吃一惊，屏住了呼吸。

225

"所以那里就是他们存放枪支的地方——用降落伞把它们扔到了一个秘密的潟湖里——等到时机成熟再把它们给弄上来——利用水上飞机把它们运走。大规模的军火走私！"

"当我们看到这一切发生的时候，简直吃惊极了。"杰克说道。

"我想也是！"比尔说，"这简直令人难以置信！想想看你们几个孩子竟无意中发现了这个秘密。我的天，要是我能给总部发送一条信息就好了，我们就能人赃俱获，将整个帮派一网打尽了！"

"整个过程都挺刺激的，"菲利普说，"告诉你，比尔，我们有几次真的很恐慌。"

"你们是好孩子，"比尔说，"勇敢的好孩子。我以你们为傲。但是还有件事我不明白。你们抢了哈瑞斯的船之后，为什么不自己安全逃离呢？你们怎么会闹到这里来？"

"这个嘛……"杰克说道，"你瞧——我们是有机会安全脱身的——或者试着去找你。而我们选择了试着去找你，比尔。就连露西安都支持这个选择。"

一阵沉默。紧接着比尔用他粗大的胳膊搂住了四个蜷缩作一团的孩子，他的拥抱如此用力，露西安都快喘不过气了。

"我不知道该说什么才好，"比尔用一种有些古怪的声音说道，"你们还只是孩子——但你们是任何人所能拥有的最好的朋友。你们已经懂得了忠诚的含义，即使很害怕，你们也没有放弃。我为有你们这样的朋友而骄傲。"

"噢，比尔！"听到她的英雄说了这样一番话，露西安激动得不能自已。"你真好。你是我们最好最好的朋友，而且你将永远都是。"

"永远。"黛娜也说道。

男孩们没说一句话，但是他们内心因为比尔的称赞而激动不已。友谊——忠诚——临危不惧——他们和比尔都懂得这些品质并且认同它们的可贵。他们感觉心跟比尔贴得很近。

"看！"露西安突然说道，"是曙光！就在那儿，在东边。噢，比尔——我真想知道今天又会发生什么事。"

第29章
比尔有了重大发现

东方的天空渐渐染上了银色。接着一道金色的光辉慢慢向上铺展开来，海水先是变成了乳白色，又逐渐转成了金色。

几乎同时，周围传来了海鸟们的叫声，海雀、塘鹅、鸬鹚、海鹦还有海鸥从它们的栖息处飞出来迎接新的一天。很快，孩子们周围的海面上就密密麻麻地布满了数百只鸟儿，急切地捕鱼而食。呼呼和噗噗也加入了它们。

杰克环顾着四周，发出了一声惊呼："这不是潟湖之岛。那里没有像这样面向着大海的岩石峭壁。我们这是来到了另一个岛上！"

"没错，真的是这样，"菲利普说，"一个我不记得以前见过的岛。见鬼！我们在哪儿？"

"我觉得这应该是我们之前在地图上看到的那个岛，"露西安说着，想了起来，"羽翼之岛。只要看看我们周围水面上这一大群鸟儿就知道了！这比以前我们见过的还要多！"

"不可思议！"比尔惊叹道，"这儿一定有上百万只鸟。它们中有些离得那么近，都撞到彼此了。"

不仅仅海面上到处都是鸟，就连空中也是一样，这鸣叫声简直令人震耳欲聋。不久，一只又一只的鸟儿从水里飞了出来，嘴里叼着鱼。呼呼飞回了船上，像往常一样送给了菲利普满满一嘴巴整整齐齐排列好的鱼。

"琪琪好安静啊，"菲利普看着她说道，"她怎么了？琪琪，把你的羽冠竖起来呀，你这好笑的鸟！"

"快去叫医生。"琪琪凄惨地叫道。杰克仔细地看着她。接着他惊叫了一声。

"她的一部分羽冠没有了！几乎没剩几根了！噢，比尔——这就是她昨晚尖叫的原因！一定是有颗子弹穿过了她的羽冠——正好穿过她的冠毛——就这样蹭掉了一些羽毛。"

"可怜的波莉，可怜的波莉，真可惜，真可惜！"琪琪叫道，对于成为大家关注的焦点很是高兴。

"是啊，可怜的老琪琪！"杰克边说边抚摸着她，"你一定是给吓坏了吧！怪不得你会尖叫呢。不用担心，老伙计——羽冠还会再长出来的。你暂时看起来会有点秃，但是我们不会介意的。"

比尔一直在查看这艘小船到底出了什么问题。它在一片礁石层上搁浅了，死死地停在了那里，除非等到涨潮，否则根本没希望离开。他们并不在这座岛的大陆上，而是在一片耸立的礁石露出水面的部分，周围挂满了厚厚的海草，还有栖居在这里的大约两百只甚或更多的鸟儿。它们看起来丝毫不介意这艘小船还有船上的人。实际上，看到呼呼和噗噗停歇在那里，有

一些鸟儿也过来停到了甲板上。杰克激动极了。

"我认为这艘船完全没有损坏，"比尔说，"一旦它随着潮汐再次浮起来，就会没事了。但问题是——等船真的浮起来以后，我们到底要做什么呢？"

"划船到安全的地方去。"露西安立刻说道。

"说起来容易，"杰克遗憾地说道，"你还没意识到这片大海是多么的荒凉孤寂，露西安，或者说这些小岛是多么的人迹罕至。举个例子吧，我们估计不可能划船到大陆去，对吧，比尔？"

"对，我也这么认为，"比尔说，"我很高兴看见我们的食物储备倒是挺充裕。真是太好了。不过饮用水该怎么办？"

"我们只得喝菠萝汁之类的东西了，"黛娜说，"如果下雨的话我们可以接雨水喝。"

"现在最好的选择是什么呢？"比尔皱着眉头自言自语道，"我猜他们会来搜寻我们的。他们很快就会知道我们走不了很远。他们会派出巡逻队——甚至可能会派出一架飞机来。他们现在可不能让我跑了。"

孩子们知道"他们"意味着敌人。黛娜环顾四周："如果敌人真的来了这座岛，那他们一定会看到我们。我们待在船上立刻就会被发现的。"

"好吧——等到船浮起来的时候我们再来决定要做什么吧。"比尔最后说道，"小睡一会儿怎么样？露西安看起来都白得像一张纸了。她根本都没有睡过觉。"

"我确实觉得困得不行了，"露西安承认道，努力憋住不打哈欠，"但我又觉得身上脏兮兮黏糊糊的。"

"让我们快速去海里浸泡一下，然后小睡一会儿吧，"杰克说，"我们可以轮流放哨防备着敌人。"

"我不想去泡澡，"黛娜说，"我太困了。你们三个和比尔去吧，我来把床铺好，把毯子还有其他东西都舒舒服服地放好。"

"我来帮你吧，"露西安说，"我也太累了不想洗澡。"

比尔和男孩们很快滑入了水中。女孩们望着他们。"你知道吗，"过了一会儿，露西安说道，"在这些到处游动的鸟儿中间，几乎不可能看到男孩们和比尔呢。只要我一错眼珠，我就再也发现不了他们了。"

这倒是千真万确。水面上漂浮游动的鸟儿实在太多了，男孩们和比尔湿漉漉的黑色脑袋很难从鸟群中被辨认出来。

"等他们回来，让我们告诉比尔吧。"黛娜说道，她灵光一闪，脑子里突然有了个主意，"我打赌如果敌人来了，而我们全都溜进水里，根本没人能从鸟群中发现我们。"

"对啊，他们肯定发现不了，"露西安赞同道，"这真是一个绝妙的主意，黛娜！"

等其他人浑身湿淋淋地泡澡回来，她们就把这件事告诉了他们。比尔满意地点着头："没错——是个好主意。如果敌人出现的话，我们就这么做。我们的脑袋会完全消失在游动着的鸟群中间的。"

"可是船怎么办？"杰克说。

"我们可以像在潟湖边的石头上躲着时对自己做的那样，"
菲利普说，"用海草把船盖起来，让它看上去就像块石头一样！"

"你们这些孩子，真是足智多谋，"比尔说，"趁你们打盹的
时候，我就来把船盖起来吧。如果敌人要来的话，他们会来得
很快。他们不用花很长时间就会找到我们的。如果我看到或者
听到他们的任何动静，我就会叫醒你们，而你们都必须做好准
备从船舷上跳下去。最好穿着你们的内衣睡觉，这样你们就不
会把所有的衣服都弄湿了。你们的泳衣已经湿了。"

"我们的没湿，"露西安说，"噢，天哪——我实在是太困
了。我真的希望敌人还不要来。我一点也不确定如果他们来了
的话，我是不是能醒过来！"

比尔把他们都塞进了毯子里。他们没过一会儿就都睡着了，
实在是筋疲力尽了。比尔开始一点一点把船给覆盖起来。他从
附近的礁石上拔下来大片的海草叶子，把它们挂在船的两舷上，
直到这艘小船看起来像是一块船形的礁石。

做完了这项工作，比尔在小船舱里坐了下来。他漫不经心
地从那边的什么东西上取下来一个覆盖物——接着目瞪口呆地
盯着那里。

一台无线电设备！它会不会也是一台发报机？哈瑞斯独自
一人来到这荒无人烟的地方，自然会特意随身携带一台发报机，
以防自己受伤或者生病吧？比尔用颤抖的手开始检查起这台无
线电设备来。

他大叫了一声，吵醒了杰克。这个男孩惊慌地坐了起来：

"是敌人吗，比尔？"

"不是。可是这个——你们为什么不告诉我这艘船上有一台无线电设备？我可以通过它发送信息啊，如果一切顺利的话。"

"天哪，我把它彻底给忘了！"杰克说，"不过它是个发报机吗，比尔？"

"是的。不是很好的那种——但是我会尽我所能试着把它弄好，这样我就可以向总部发送信息了，"比尔说，"一直会有人守在那里，期望着能听到我的消息。我已经好几天没有汇报情况了。"

比尔开始四处搜寻起来，杰克很是不解。"你在找什么呢，比尔？"他问道。

"天线，"比尔说，"发报机用的天线一定是被放在这儿的什么地方了。到底会在哪里呢？"

"我记得在船舱后面的一个架子上看到过什么东西，"杰克困倦地说道，"它大约有六英尺长。"

"应该就是它了！"比尔说着，跑去查看了。他拽出来一个细长的东西，"太好了！就在这里。我很快就能把它给弄好。"

杰克看了比尔几分钟，然后觉得自己的眼睛慢慢闭上了，于是他重新倒回了自己的毯子里。看着比尔把天线架起来并试图让发报机工作是一件非常非常令人兴奋的事情——但即使是这种兴奋也没法让杰克的眼睛睁开。才过了半秒钟，他就又睡熟了。

比尔一直工作着，间或在第一次尝试失败时沮丧地叹息几

声，接着再试一次。无线电设备里传出来了古怪的声音，机器上的小灯也一会儿这里发光，一会儿那里发光。这无线电设备好像是出了什么问题，而比尔还弄不明白到底是怎么回事。如果他知道该有多好！噢，如果他能让这东西工作起来，哪怕只有一两分钟，该有多好！

最后他觉得自己应该已经把无线电设备给修好了。现在把信息发送出去。现在把他的代码发送出去，并等待回应。

比尔一次又一次地发出自己的代码。但一直没有回应。他这一端的无线电设备看上去一片死寂。除了发送信息并希望它能被接收到，他实在无计可施。

他迅速地通过代码发送了一条信息，请求紧急援救。他接连不断地重复着这条信息，然而没有得到任何回应。由于知道他们一定是在潟湖之岛附近的某个地方，所以他给出了潟湖之岛作为他们所在位置的指引。它应该会被标注在某些地图上并且可以被定位吧？

他太忙于试着发送信息，并且监听着一直没有出现的回应，以至于差点都没听见远处一艘马力十足的汽艇传来的呜呜声。不过那声音最终还是穿透了他的意识，他猛地一惊抬起头来。

他冲着孩子们大喊起来："醒醒！快！快到水里去——敌人来了！醒！醒！"

他们全都惊醒。敌人！哗啦！五个人全都跳进了水里，两个女孩几乎还没清醒过来。敌人！是的，有一艘汽艇直直地冲着他们开过来了！

第30章
喂！马上现身！

一道望远镜镜片上的阳光反光突然一闪而过。这道光瞄准了孩子们的船搁浅的那片礁石所在的小岛。望远镜扫视过礁石和小岛，又梭巡回来盯着那片礁石。

小船就在那儿，从一端到另一端挂着海草。望远镜在上面停留了一会儿，接着又扫视起了海面，然而在漂浮游动的鸟群中间无法辨认出五颗湿漉漉的脑袋。

孩子们尽可能地靠近正在游着泳的鸟儿们。菲利普倒是没有什么问题，因为呼呼和噗噗就栖在他的脑袋上，将他完美地隐藏了起来。露西安靠在一只大鸬鹚旁边，那鸬鹚饶有兴趣地打量着她，不过并没有从她身边游开。黛娜和杰克躲在一群上游下潜的海鹦中间，而比尔则由于担心自己有些光光的大脑袋被发现，所以不时潜入水下，并尽可能地在那里屏住呼吸。

感觉似乎过了一个世纪那么长的时间，敌人的汽艇才转身离开，绕着小岛走了——至少比尔是这么认为的。他们听到引擎的声音越来越微弱，越来越微弱。

直到声音彻底消失，比尔才让孩子们回到船上。接着，等

他觉得相当安全了，他们才都爬上了船，浑身湿透，饥肠辘辘，不过现在倒是一点儿也不困了。

"这船被这些海草弄得也太滑了！"杰克说道，"黛娜，你的主意很有效。我觉得敌人甚至猜都猜不到这里会有人——而其实有五个人还有一艘船就在他们的望远镜可及视线范围之内呢。"

"没错，的确是个好主意，黛娜，"比尔说道，"现在——来点早餐怎么样？我都快饿死了！"

他们坐下来打开了几个罐头。琪琪看到其中一个罐头里面大块的菠萝时高兴地尖叫起来。她试着想竖起自己的羽冠，但是因为只剩下了一两根羽毛，所以并没有什么效果。

杰克突然想起了什么事："比尔！是我记得一些事——一些关于你和哈瑞斯的无线电设备的事——还是我在做梦？对，也许是我在做梦。"

"你并没有做梦，"比尔说，"我找到了哈瑞斯的无线电设备——我必须得说，这实在是出乎意料——而且让我高兴的是我发现它既是一个发报机也是一个接收器——这样一来我应该就能发送并且接收信息了。"

"噢，比尔！所以你已经用无线电设备求救了——我们得救了！"露西安欣喜地说道。

"可惜那东西好像出了什么问题，"比尔说，"没办法弄出通信声音来——我也不知道我的信息是不是发送出去了。但是很有可能没发出去。哈瑞斯的这套设备并不是很好。"

"噢——所以它不太可能起很大的作用。"黛娜失望地说道。

"是不太可能，"比尔说，"顺便问一下，刚才有没有人觉得有一种轻微的上升感？我感觉船快要从礁石上下来了。"

他的感觉很准确。船不一会儿就浮了起来，比尔拿起了船桨。他把船划离了小岛一段距离，然后一个念头闪过他的脑海。

"听我说——哈瑞斯不可能一路开船到这里来——然后还想着再返航——而不带着汽油储备。你们彻底检查过这艘船吗？"

"没有，没有检查得很彻底，"杰克说，"这艘船并不大啊。"

"你说得对——但是这里真的应该会有一些汽油的，"比尔说，"菲利普，拉起那堆绳子和杂物。甲板下面应该会有储存罐装汽油的隔间。"

菲利普和杰克按照比尔说的去做了。他们拽起来三块松散的板子——就在那里，在下面整整齐齐排列着的，正是哈瑞斯储备的汽油！

"天哪！"杰克说，"大发现啊！现在一切都好办了。我们很快就可以回到大陆上了。好心的哈瑞斯！"

他们递给比尔一罐汽油。他把它全都倒进了引擎的油箱里，然后又拿起了另一罐。那罐也全都被倒了进去。万岁！现在他们真的可以继续前进了。

不一会儿引擎发出了愉快的呜呜声，小船又在波浪上疾驶起来。不用再划船了！比尔将航线设定在东南方向。

"听！什么地方好像有一架飞机！"露西安突然说道，"我听到了。"

再见了，冒险海

他们全都抬头向天空看去。很快，他们就看见了那架从东北方向过来的飞机。它正在低空飞行。

"看起来好像是在试图搜寻我们。"比尔不安地说道。

"是敌人的飞机！"杰克说。他们都全神贯注地看着正在接近的飞机。它似乎是突然发现了他们，转向了他们所在的方向。它飞得非常低，绕着他们盘旋，然后离开了。

"见鬼！"比尔说，"现在我们被盯上了！他们会派出他们马力最大的汽艇——说不定是一架水上飞机——我们要完了！"

"没事，我们还有充足的汽油，"杰克说，"我们可以保持高速行驶。不用多久我们就会远远离开这里。"

小船加了速，比尔在用最高速行驶。当他估摸着汽油差不多快要用光的时候，他冲杰克喊道："把另外几罐汽油拿出来，杰克。我要在油箱空了之前再加些油。"

但是男孩们却大吃了一惊！其他的汽油罐都是空的！比尔沮丧地看着这一切。

"天哪！有人完完全全把哈瑞斯给骗了！他可能要求了所有的油罐都加满汽油——有人拿了所有的钱却只加了一半油。多肮脏的伎俩！"

"但这正像是可以在可怜的傻瓜哈瑞斯身上玩弄的那种把戏！"菲利普说，"噢，比尔——我们现在已经在远海上了，离任何岛屿都有数英里之远。如果在我们到达任何地方之前汽油就用光了，我们该怎么办呢？"

比尔擦了擦前额。"我不喜欢这样，"他说，"油箱里已经没剩多少汽油了。一旦我们的油用光，用船桨是划不了多远的，我们只能听任任何一艘派来抓我们的汽艇摆布了。我觉得说不定是有颗子弹从油箱旁边擦过去了，使得它有些漏油。”

没有人说一句话。“啊，天哪，”露西安心想，“正当我们觉得一切都好起来时，事情就又都变糟了。”

过了一会儿，伴随着一阵吭吭声和扑哧扑哧声，引擎停了下来。“没有汽油了。”杰克沮丧地说道。

“快去叫医生。”琪琪叫道。

“如果能叫就好了。”菲利普说。

“啊噢噢噢噢噢！”呼呼从甲板栏杆处发出叫声。呼呼和噗噗都还跟这个小团体待在一起。露西安开始希望它们能跟着他们一起回家了。那该多么令人兴奋啊！

“这实在太让人难受了，”比尔说，“明明就近在咫尺了！”

一片死寂，能听到的只剩下海浪拍打着船舷的哗哗声。菲利普的小老鼠，惊讶于此刻的寂静，从他衣服里的各个躲藏处跑了出来，嗅了嗅空气。自从比尔在海鹦之岛被俘虏后就没再见过它们，现在他吃惊地盯着它们。

“我的天——它们怎么长得这么快！好吧，好吧，谁知道呢，我们最后可能不得不吃掉它们呢！”

他的本意是开个玩笑，可是露西安和黛娜都惊恐地尖叫起来。

“啊！比尔！你怎么能说这么恐怖的事！吃老鼠！我死也不要！”

"我们要不要划船，就算是找点事情做？"杰克说，"或者吃饭？或者别的什么？"

"噢，吃饭吧，"菲利普说道，接着一个念头攫住了他，"我说，比尔——我猜我们应该还不用开始给自己定量配给，对吧？我的意思是——你认为我们有可能会被困在荒无人烟的大海上好几天吗？"

"不会。"比尔说道，心中暗想既然现在敌人的飞机已经发现他们了，那么估计这天结束之前他们就会全部回到掌控在敌人手中的那座岛上了，"不会的。我们现在真的还不需要考虑这样的事情。话说回来——如果我早考虑到汽油会用光，我就不会像我们所做的这样把船开到远海上来了——我就会停留在岛屿附近了。"

这是无聊而又焦虑的一天。四个孩子仍旧非常疲倦，但却都拒绝试睡觉。没有汽艇出现来追踪他们。太阳开始西沉，看起来大家似乎要在大海上度过一晚了。

"唔，谢天谢地，不管怎么说天气并不冷，"黛娜说，"今晚的风也挺暖和。我们看起来是不是似乎离家——离学校——还有离我们所熟知的那些普通事物都非常非常遥远？"

露西安环顾着自己周围广袤无垠的大海，在船的附近呈现出绿色，而在远处则呈现出深蓝色。"是啊，"她说，"我们现在离任何地方都很遥远——迷失在这片冒险之海中了。"

太阳继续沉了下去。接着，从傍晚的空气中传来了一阵熟悉的声音——一阵强有力的引擎所发出的隆隆声。

每个人都立刻坐直了身体。汽艇？飞机？水上飞机？那究竟是什么？

"在那儿！"杰克大喊道，把所有的人都吓了一跳，"看，就在那儿！天哪，好大一架！是架水上飞机。"

"一定是那天我们看到的在潟湖上的那一架，"黛娜说，"他们把它派来抓我们了。噢，比尔——我们能做些什么呢？"

"所有的人都趴下躺平，"比尔马上说道，"你们必须记住如果来的是敌人的话，他们并不知道我是跟几个孩子待在一起——他们很可能以为船上还有三四个男人——那他们就可能会开枪，就像他们之前做的那样。所以趴下躺平，不要动。千万不要露出你们的头。"

露西安的膝盖又开始出现那种熟悉的打战的感觉。她立刻趴下躺平，对于比尔没有建议男孩们再次把身体压在她们上面而松了口气。比尔把手臂搭在她身上。

"不用担心，露西安，"他说，"你们会没事的。他们不会伤害孩子的。"

可是露西安也不想"他们"伤害比尔，自己非常担心他们会这么做。她苍白的脸被压在毯子里，像一只小老鼠一样一动不动地趴着。

水上飞机的轰鸣声离得越来越近了。它就在头顶盘旋着。然后它的引擎被关掉，降落在了不远处。飞机激起的水波在小船下面荡起涟漪，使得它上下起伏。

没有人敢向船外探头去看那巨大的水上飞机。比尔担心如

果自己那么做了，一颗子弹就会飞过来。

接着一道炸雷般的声音在海面上响了起来，如同巨人的声音一样："喂！马！上！现！身！"

"不要动，"比尔急切地说道，"不要动。不要害怕，露西安。他们用的是扩音器，所以声音听起来会这么大。"

那巨人般的声音再次响起："我！们！已！经！把！枪！对！准！你！们！了。有！任！何！不！规！矩！的！举！动，你！们！就！会！被！轰！成！碎！片。马！上！现！身！"

第31章
穿越冒险海

"这可不妙，"比尔低声说道，"我必须得站起来。我可不想让他们用机枪扫射这艘船。"

他站了起来，挥了挥手，接着举起双手以示自己已经投降了。一艘船从水上飞机上放了下来，快速驶向了比尔的船。船上有三个男人，其中一个手里握着一把左轮手枪。

孩子们惊慌失措地等待着，害怕会听到比尔被枪击中的声音。他们没有一个人抬起头来，但是他们可以很清楚地想象到正在发生什么事。

那艘船靠近了——然后上面传来了一声惊喜的大喊。

"比尔！太好了，是比尔！你居然不但没欢迎我们，还让我们以为你是那个帮派成员?! 为什么?"

"天哪！乔，是你!"比尔大喊道，他声音中的如释重负让孩子们立刻都站了起来，"听着，孩子们——这是乔——我的同事。嘿，乔，这么说你收到我的信息了，是吗?"

那艘船靠了过来，在旁边轻轻碰撞了一下。乔把他的左轮手枪收了起来，咧嘴笑道："是啊，我的确收到了你的无线电信

243

息——但是我猜你没收到我们的。我们一直在问你问题，而你所做的只是在不断重复发着同样的信息。所以派了这架水上飞机出来，我们在这里发现你的船时，正在四处巡航搜寻你告诉我们的那个潟湖呢。于是我们就下来调查一下。"

"谢天谢地，"比尔说，"我们没有油了。我们随时等着敌人派出飞机或者船来追踪我们呢！"

"到水上飞机上去吧，"有着一双明亮的蓝色眼睛的乔咧着嘴笑道，"孩子们介意坐飞机吗？"

"噢，不介意。我们已经坐习惯了。"杰克边说边帮着女孩们登上了乔所在的那艘船。

"我们得救了吗？"露西安问道，在经历了这么多惊惧和恐慌之后，她几乎不敢相信这一切是真的。

"你们得救了，"乔冲着她露齿而笑，"这是我们最大的一架水上飞机，来送你们回家！为了这位比尔必须得这么做，你知道的，他可是VIP.。"

"那是什么意思？"在他们向着水上飞机疾驶而去时，露西安问道。

"意思当然是——非常重要的人，"乔说，"你不知道他是个重要人物吗？"

"我知道，"露西安愉快地说道，"噢，我知道。我一直都知道他是个非常重要的人。"

"我们把呼呼和噗噗落下了。"黛娜突然哀叫了一声。

"天哪！你们船上还有其他人吗？"乔吃惊地说道，"我没看到他们啊！"

"噢，它们是海鹦，"杰克说，"不过是特别乖巧的海鹦，相当温顺。噢，它们在那儿呢，就在船后面飞着。"

"我们能把它们一起带回去吗？"露西安恳求道。但是比尔摇了摇头。

"不，露西安。离开它们在岛上的家会让它们很痛苦。很快，它们就要再次筑巢下蛋了。它们会忘记关于我们的一切的。"

"我永远永远也不会忘了它们，"露西安说，"它们一直都和我们在一起！"

"我们到了。"当他们到达那庞然大物般的水上飞机时，乔说道。他们被扶着登上了飞机。接着，飞机顺畅平稳地起飞了，就像一只有着巨大翅膀的海鸥似的在空中盘旋。哈瑞斯的小船被独自留了下来，漂浮在海面上，等待着哪艘警船去将它回收。

"那个潟湖呢？"乔突然问道，"我想去看看它，然后把它标注在地图上。我想我们能找到它的。如果这些孩子看到了能把它给认出来吗？"

"噢，当然，"杰克说，"我们可不会认错的。那是一片特别不可思议的咸水湖，比大海还要蓝好多。如果飞得低一些的话，你甚至能透过水面看到一些包裹。对此，我一点儿也不奇怪。那里的水非常清澈。"

水上飞机在空中呼啸而过。孩子们都很兴奋。下面就是蔚蓝的大海，看起来风平浪静。当他们俯瞰着大海时，成片的小岛进入了他们的视野。真是星罗棋布！

　　紧接着杰克忽然发现了那个潟湖。"在那儿，在那儿！"他喊起来，"看那下面！你不可能认错它的，就横亘在那两座岛之间，周围全被礁石封闭起来了。"

　　水上飞机在这片不可思议的潟湖上方盘旋。飞机又降低了一些高度。孩子们观察着，看看能否辨认出水下的包裹——果然不出所料，透过清澈的湖水，可以看到那些隐藏着枪支的闪烁着银灰色光芒的包裹。

　　"枪就在那里，"菲利普说，"看，比尔——你可以看到那些防水包裹！他们已经开始把包裹从水里拿出来，将它们装载到水上飞机上了。我们亲眼看着他们装载了一个。"

　　比尔和乔交换了一下眼色。"那么我们已经有了可靠的证人了，"乔说，"这真是一群好孩子，比尔。他们就是之前和你去冒险的人吗？"

　　"是的，"比尔说，"你没法让他们远离冒险，你知道。而且他们会把我也给拖进去！"

　　他们将藏着邪恶秘密的潟湖甩在身后，飞到了比尔曾经当俘虏被关押的那座小岛。"那就是那个小码头，"当他们低飞而过时，杰克说道，"还有看啊，现在那儿有两艘汽艇！我说，比尔——哈瑞斯怎么样了？"

　　"等我们把这帮恶棍一网打尽的时候，哈瑞斯会获救的。"

比尔说，"他们就是当一个国家与另一个国家开战，或者有内战爆发时，大发横财的那帮人——因为他们有枪并且把枪卖给了交战双方。我们试着通过各种国际条约来制止这种事发生——但是这些人却违反并且蔑视法律。这正是我的任务——阻止他们！"

"现在你要怎么阻止他们呢？"杰克问道，"你会突袭这座岛——把那些人都抓起来吗？再把所有藏起来的枪都销毁？假设他们已经坐汽艇或者飞机逃跑了呢？"

"那个你用不着担心，"乔那张棕色的脸上挂着大大的笑容说道，"我们已经把消息发出去了。我们的水上飞机编队将在几个小时之后到达这里——还有武装船舰四处巡逻。现在这伙人已经没有任何逃跑的希望了。"

如果不是孩子们和比尔早就知道那个小码头在那里，它确实很难被人注意到。除了那个小码头，敌人的岛屿上什么也看不到。

"一切都伪装得很好，"比尔说，"真狡猾，我已经追踪他们很长时间了。他们给了我各种各样的误导，我都几乎快放弃寻找到他们老窝的希望了。不过，现在它就在这里。"

"他们一定非常惊讶在这里看到你，比尔！"当水上飞机离开了敌人的岛屿时，露西安说道。

"噢，看呀——那是我们跟比尔一起登陆的那座岛！"黛娜喊道，"海鹦之岛！快看呀！那是鸟儿悬崖——你甚至可以看到进入悬崖的那条狭窄水道——只要你使劲去看的话。还有那是我们生起信号烟的地方。"

"那是我们在暴风雨中被吹走的帐篷之前所在的地方——就在那几棵小树旁边，"杰克说，"快看，那是海鹦栖息地！"

飞机尽可能地飞得很低，低到足够孩子们看见被水上飞机强劲引擎发出的巨大噪声惊吓到而飞起来的鸟群。

"我能看到呼呼和噗噗！"露西安喊道。其他人开怀大笑起来。

"你看不到的，吹牛大王！"黛娜说道。

"是的，我其实看不到。我只是假装看到了，"露西安说，"我希望它们一直在这里。我希望它们拥有自己的洞和巢穴——还有蛋！我希望它们会有一个同样温驯可爱的海鹦宝宝。再见，亲爱的呼呼和噗噗！我们真的很喜欢你们的陪伴！"

"啊噢噢噢噢噢噢噢噢！"琪琪忽然叫起来，就好像她完全明白了露西安说的话一样。

"琪琪在用海鹦的语言说'再见'呢，"露西安说，"啊噢噢噢噢噢，呼呼和噗噗！我也用海鹦语在说'再见'。"

当受到惊吓的海鹦们再次平静下来的时候，从其中升起了一阵"啊噢噢噢噢噢噢噢"的低沉的喉音合唱。那些跑进洞穴躲起来的海鹦也再次冒出头来，"啊噢噢噢噢噢"地叫着，加入了合唱。

"我们有太多事情可以跟妈妈讲了，"菲利普说，"我想知道她怎么样了？"

乔冲他微笑着。"挺好的，只是非常担心你们四个，"他说，

"等她收到我们的无线电信息时，会感觉更好的。"

"噢，你已经发过信息了吗?"黛娜说道，"噢，太好了！现在她会知道我们都没事了。天啊——经历了这一切之后再回到学校，不会感觉很奇怪吗?"

学校！坐在书桌前，学习法语语法，排队放好网球拍，玩傻乎乎的小把戏，上音乐课，在规定的时间上床睡觉——这一切看起来都会多么多么奇怪啊！

只有露西安为想到这一切而真心高兴。"早上醒来知道需要担心的只有上课、网球还有其他一些事是多么美好啊，"她对比尔说道，"而不用担心敌人是不是会来，看到飞机用降落伞把枪丢到潟湖里，还有坐着汽艇逃命，还有……"

"敲可怜的哈瑞斯的脑袋。"比尔笑着说。

"这个嘛，我们并没有那么做，不管他是怎么跟你说的，"露西安说，"如果我能再见到他，我会告诉他非常抱歉我们犯了一个这么严重的错误——但是说实话他真的该被，该被……"

"狠狠敲一下。"菲利普咯咯笑着说。

"好吧，该被敲一下，如果你这么说的话，"露西安说，"为编造那么糟糕的故事而被狠狠敲一下。"

水上飞机现在正向着南边飞去。它将所有令人兴奋的小岛还有数以百万计的喧闹海鸟都抛在了身后。太阳几乎已经不见踪迹，而大海被笼罩在一片深蓝色的阴影之中。再过几分钟，第一批星星就会缀满夜空，像钻石一样闪闪发亮。

"我们很快就会到达大陆了，"比尔说，"谢天谢地，一切都平安结束了！当这架水上飞机降落在我们身边并向我们喊话的时候，我还以为一切都完了呢。等我们在假日里见面时又有一场冒险可以作为谈资了。我们一起经历了多少事啊！"

"我想这是我最喜欢的一场冒险了，"杰克沉思了一下说道，他挠了挠琪琪剩下的那点羽冠，"所有这些岛屿——还有这片无边无际的大海，蓝色、绿色与灰色交织在一起。"

"冒险海，"露西安说道，俯视着这片广袤无垠、点缀着天空金色倒影的深蓝，"再见了，冒险海！你是个美好的地方——但对我来说太惊涛骇浪啦！"